Kadir Demir

Begegnungen die dein Leben verändern werden:
Nach einer wahren Begebenheit

Kadir Demir

Begegnungen die dein Leben verändern werden:

Nach einer wahren Begebenheit

Deutsche Erstausgabe

2023

Begegnungen die dein Leben verändern werden:
Nach einer wahren Begebenheit

Ein Poet
Kadir Demir
Instagram **@ein_poet_official**

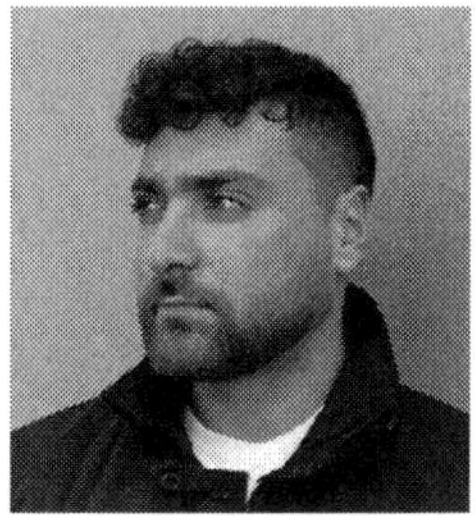

Kadir Demir ist ein türkisch/deutscher Autor und Schriftsteller. Er ist bekannt für seine Bestseller "A self-love catalog" und "Emotional freedom journal".

Kadir Demir wuchs in ärmlichen Verhältnissen als jüngster Sohn von sieben Kindern auf. Er absolvierte zunächst die Hauptschule und setzte seine Bildung fort, indem er die Realschule besuchte. Anschließend erlangte er sein Fachabitur im kaufmännischen Bereich.

Im Jahr 2021 machte Kadir Demir seinen Namen als Autor bekannt. Er veröffentlichte zwei Bestseller: "A self-love catalog" und "Emotional freedom journal". "A self-love catalog" erreichte in sieben verschiedenen Kategorien den ersten Platz und "Emotional freedom journal" den zweiten Platz.

Kadir Demir führt ein ruhiges Leben und hat seinen Wohnsitz in Esslingen, nachdem er 2019 von Reutlingen dorthin gezogen ist. Er beschäftigt sich überwiegend mit der Arbeit über Achtsamkeit, Spiritualität und emotionale Intelligenz.

Kadir Demir hat mit seinen Büchern einen wichtigen Beitrag im Bereich der Persönlichkeitsentwicklung und emotionalen Intelligenz geleistet. Seine Werke haben zahlreiche Menschen dazu inspiriert, sich mit Selbstliebe und emotionaler Freiheit auseinanderzusetzen. Durch seine Schreibweise und seine authentische Herangehensweise hat er eine große Leserschaft gewonnen und seinen Einfluss in diesem Bereich weiter ausgebaut.

Für die besonders guten Menschen,
die mir im Laufe des Lebens
begegnet sind.

Danke Michael!

Kadir Demir

1

Kadir schritt mit schnellen, entschlossenen Schritten durch die belebten Straßen der Stadt. Das Dröhnen des Verkehrs und die Geräuschkulisse der Menschenmengen erfüllten die Luft und mischten sich zu einem belebenden Klangteppich. Überall um ihn herum ragten moderne Gebäude in den Himmel, mit grellen Neonlichtern und leuchtenden Werbetafeln, die die Aufmerksamkeit der Passanten auf sich zogen. Die angespannte Atmosphäre der Großstadt war allgegenwärtig, und es schien, als ob jeder in Eile war, um seine eigenen Ziele zu erreichen.

Kadir war tief in Gedanken versunken, während er seinen Weg durch die Menschenmassen bahnte. Sein Blick war starr auf das Ziel gerichtet, das ihm seit seiner Kindheit eingetrichtert worden war: Erfolg und Reichtum. Die Worte seiner Eltern hallten in seinem Kopf wider, während er sich an seine bescheidenen Anfänge erinnerte. Er konnte noch deutlich das Bild der kleinen, ärmlichen Wohnung vor sich sehen, in der er aufgewachsen war. Es war ein Ort, an dem sich die Sorgen und Ängste seiner Eltern wie unsichtbare Nebelschwaden festgesetzt hatten. Sie hatten hart gearbeitet, um über die Runden zu kommen, und hatten ihm immer wieder betont, dass er es besser haben müsse. Dass Geld und Karriere die

Schlüssel zum Glück seien.
Als junger Mann hatte Kadir diese Worte verinnerlicht und war fest entschlossen, den Weg des Erfolgs einzuschlagen. Er wollte sich nicht länger mit den Beschränkungen und Sorgen des Lebens abfinden, sondern nach den Sternen greifen. Er hatte hart gelernt, unermüdlich gearbeitet und seine Pläne für eine Zukunft voller Reichtum und Erfolg geschmiedet.
Die Jahre vergingen und Kadir hatte schließlich den Durchbruch erreicht. Er war zu einem erfolgreichen Unternehmer aufgestiegen und hatte den Luxus, von dem er immer geträumt hatte, verwirklicht. Doch während er auf dem Gipfel seines Erfolgs stand, bemerkte er zunehmend, dass etwas fehlte. Die Tage und Nächte der harten Arbeit hatten ihre Spuren hinterlassen. Er fühlte sich leer und einsam, umgeben von Menschen, die nur aufgrund seines Reichtums um ihn waren.
An diesem bestimmten Tag, als Kadir wieder einmal in Eile war, fiel sein Blick auf einen einsamen Obdachlosen an einer verlassenen Straßenecke. Der Mann, der den Namen Michael trug, saß dort auf einem alten Pappkarton und hatte nur wenige Habseligkeiten um sich herum. Der Anblick berührte Kadir auf unerklärliche Weise. Etwas in Michaels Augen, das einen Funken von Tristesse und gleichzeitig Weisheit widerspiegelte, zog ihn magisch an.
"Ich habe alles erreicht, wonach ich gestrebt habe", murmelte Kadir leise vor sich hin, während er an Michael vorbeiging. "Aber ich fühle mich immer noch leer."
Michael, der Kadirs Worte offenbar gehört hatte, hob langsam seinen Blick und sah ihn mit einem sanften Lächeln an. Seine

zerschlissene Kleidung und das verwitterte Gesicht verrieten die Spuren eines harten Lebens. "Das Leben besteht aus mehr als nur Erfolg und Reichtum, junger Mann", antwortete er mit ruhiger Stimme. "Es sind die einfachen Dinge, die uns wahrhaftig erfüllen."

Kadir blieb stehen, seine Neugierde und Verwirrung spiegelten sich in seinen Augen wider, als er den Obdachlosen fragte: "Was meinst du damit? Ich habe immer gedacht, dass Reichtum und Erfolg alles sind, wonach man streben sollte."

Michael seufzte leise und nickte verständnisvoll. Seine Stimme klang heiser, doch seine Worte trugen eine tiefe Weisheit in sich. "Das ist die weit verbreitete Illusion, die uns gelehrt wird. Aber wahrer Reichtum liegt nicht im Besitz von materiellen Dingen. Er liegt in den Beziehungen, die wir aufbauen, in den Momenten, die wir teilen, und in den Taten der Liebe und des Mitgefühls, die wir anderen entgegenbringen."

Die belebte Straße schien für einen Moment still zu stehen, während Kadir den Obdachlosen fasziniert betrachtete. Die Worte drangen tief in sein Inneres und lösten eine unerwartete Resonanz in ihm aus. "Aber wie finde ich diesen wahren Reichtum? Wie kann ich mein Leben erfüllen?", fragte er mit einem Hauch von Verzweiflung in seiner Stimme.

Michael lächelte weise und antwortete: "Das ist eine Reise, die du selbst antreten musst, junger Mann. Sie beginnt mit der Frage, wer du wirklich bist und was dich erfüllt. Finde den Mut, dich selbst zu erkennen und den Weg zu gehen, der dein Herz zum Singen bringt."

Der Lärm der Straße brach wieder über sie herein, während Kadir die Worte des Obdachlosen in sich aufnahm. Eine

Mischung aus Entschlossenheit und Unsicherheit erfüllte seine Gedanken, während er sich fragte, ob er den Mut aufbringen konnte, seine eigene Reise anzutreten und den wahren Reichtum zu finden, von dem Michael gesprochen hatte.

2

Die Worte von Michael hallten noch immer in Kadirs Ohren wider, als er sich entschloss, auf die Suche nach dem wahren Reichtum zu begeben. Er erkannte, dass er bisher im Kreis gelaufen war, ohne wirklich zu wissen, wonach er suchte.

Um sich in seine geschäftlichen Angelegenheiten vertiefen zu können, beschloss Kadir erst mal nicht weiter über das Gespräch mit Michael nachzudenken. Er stürzte sich für die nächsten Tage in seine Projekte und verbrachte endlose Stunden im Büro. Doch je tiefer er in diese Welt des Erfolgs eintauchte, desto mehr fühlte er sich verloren.

Eines Tages, als der Druck des Geschäftsalltags fast unerträglich wurde, beschloss Kadir, eine Auszeit zu nehmen und an den idyllischen Bodensee zu fahren. Er sehnte sich nach Ruhe und Momente der inneren Einkehr. Als er die malerischen Ufer des Sees erreichte, spürte er, wie die Hektik des Lebens von ihm abfiel.

Kadir ließ sich auf einer Bank nieder und betrachtete das glitzernde Wasser. Die sanfte Brise spielte mit seinen Haaren, während er die vorbeiziehenden Boote beobachtete. Die Sonne strahlte warm auf sein Gesicht, und die Geräusche der Natur umgaben ihn. Es war, als ob die Welt ihm einen Moment der Stille und Erholung schenkte.

Inmitten dieser idyllischen Szenerie erkannte Kadir, dass er bisher so sehr damit beschäftigt war, nach äußerem Reichtum zu streben, dass er die wahren Schätze des Lebens übersehen hatte. Die Begegnung mit Michael hatte ihn daran erinnert, dass wahres Glück in den einfachen Momenten des Lebens zu finden ist.

Entschlossen, diese Erkenntnis nicht als flüchtigen Gedanken abzutun, sondern als Grundlage für Veränderung zu nutzen, entschied sich Kadir, eine Freundin zu besuchen, die kürzlich nach Konstanz gezogen war. Der Magen knurrte ihm bereits, und er beschloss, sich bewusst Zeit für eine Mahlzeit zu nehmen.

Der Weg führte ihn zur Fähre von Meersburg nach Konstanz. Die Fahrt über den See bot ihm einen atemberaubenden Blick auf die Umgebung. Die klare Luft und das ruhige Wasser beruhigten seine Gedanken. Die kleinen Gespräche der anderen Passagiere und das fröhliche Lachen der Kinder erfüllten die Luft mit Leben.

Er parkte sein Auto im *LAGO* Parkhaus und machte sich auf den Weg zum Café, indem Sophia arbeitete.

Als Kadir das Café betrat, bemerkte Sophia ihn sofort und nickte ihm zu, während sie noch andere Gäste bediente. Ihre strahlend blauen Augen und ihre sanfte Ausstrahlung vermittelten ihm stets das Gefühl von Vertrautheit. Das gemütliche Café war erfüllt von dem verlockenden Duft von frisch gebrühtem Kaffee und süßen Köstlichkeiten wie Pfannkuchen.

Sophia trat lächelnd auf Kadir zu und fragte: "Hey Kadir! Ist es dir in *Stuttgart* langweilig? Was machst du denn hier? Es freut

mich, dich hier zu sehen. Was kann ich dir gutes tun?"
Kadir setzte sich an das Fenster und schenkte Sophia ein aufmerksames Lächeln. "Sophia, ich muss sagen, du hast wirklich eine besondere Art, die Dinge zu sehen. Ich habe in den letzten Wochen viel über unsere letzten Gespräche nachgedacht."
Sophia stellte die Tasse Kaffee vor Kadir ab und setzte sich gegenüber von ihm. "Das freut mich zu hören, Kadir. Was waren deine Gedanken dazu?"
Kadir nahm einen Schluck von seinem Kaffee und atmete tief durch. "Du weißt, ich habe viel Zeit in meinen beruflichen Erfolg investiert. Aber irgendwie fühlt sich das alles leer an. Dann habe ich realisiert, dass es nicht nur um die Arbeit selbst geht, sondern um die Menschen, mit denen wir sie teilen. Es geht darum, sich in einem Unternehmen wertgeschätzt und gebraucht zu fühlen."
Sophia nickte nachdenklich. "Du hast recht, Kadir. Die Arbeit allein kann nicht die Quelle unseres Glücks sein. Es sind die Beziehungen, die wir dort aufbauen und die Wertschätzung, die wir erfahren, die uns erfüllen. Ich habe selbst viele Jobs gewechselt, bis ich hier im Café gelandet bin. Und jetzt spüre ich, dass dies der richtige Ort für mich ist."
Kadir lächelte und fuhr fort: "Genau das meine ich, Sophia. Wir sollten uns bewusst dafür entscheiden, an einem Ort zu arbeiten, an dem wir uns wertgeschätzt und gebraucht fühlen. An dem wir unsere Talente einbringen können und Menschen begegnen, die uns inspirieren. Nur so können wir wahrhaftig erfüllt sein."
Sophia nickte zustimmend. "Es ist ein Privileg, an einem Ort zu

arbeiten, an dem man sich lebendig und verbunden fühlt. Und es erfordert Mut, diese Erkenntnis zu haben und die Veränderungen anzunehmen, die nötig sind, um diesen Ort zu finden. Ich freue mich, dass du auf diesem Weg der Selbsterkenntnis bist, Kadir."

Die beiden genossen ihren Kaffee und vertieften sich in weitere Gespräche über die Bedeutung von Wertschätzung und Erfüllung im beruflichen Leben. Sie warfen hin und wieder einen Blick aus dem Fenster und beobachteten die vorbeigehenden Passanten, die das bunte Treiben der Stadt belebten. Die warme Sonne tauchte die Straßen in ein goldenes Licht, und das lebhafte Summen der Menschenmengen vermischte sich mit dem Klappern von Geschirr und dem angenehmen Summen der verschiedenen Gespräche im Café.

Während sie ihr Gespräch fortsetzten, bemerkten Kadir und Sophia, wie die Sonne langsam hinter den Horizont sank und den Himmel in warme Orangetöne tauchte. Die Atmosphäre im Café wurde intimer, als die Lichter angingen und die Geräusche gedämpfter wurden. Es war ein magischer Moment, der die Bedeutung der gemeinsamen Zeit und des Austauschs betonte.

Kadir spürte, wie sich in ihm eine neue Lebendigkeit entfaltete. Er war entschlossen, nicht nur nach äußerem Erfolg zu streben, sondern auch nach einem erfüllten Arbeitsleben, das auf zwischenmenschlichen Beziehungen und Wertschätzung basierte.

Kadir und Sophia beschlossen, ihre Gespräche an einem anderen Tag fortzusetzen. Beide waren sich einig, dass sie diese wertvollen Momente der Reflektion und des Austauschs regelmäßig in ihr Leben integrieren wollten. Sie verabschiedeten sich mit einem herzlichen Händedruck und dem Versprechen, sich bald wiederzusehen. Kadir verließ das Café mit einem Gefühl der Dankbarkeit und der Vorfreude auf das, was die Zukunft bringen mochte. Er spürte, dass er auf dem richtigen Weg war, die wahren Werte des Lebens zu erkennen und danach zu streben. Während er durch die belebten Straßen von Konstanz schlenderte, bemerkte er die Vielfalt der Menschen um ihn herum, die hektisch ihren Alltag meisterten. Doch diesmal fühlte er sich nicht verloren, sondern verbunden. Und in seinem Herzen wusste er, dass er die ersten Schritte auf dem Weg zu sich selbst gemacht hatte.

Kadir fühlte sich allmählich lebendiger und erfüllter. Er erkannte die Wichtigkeit, das Leben bewusst zu genießen und sich an den kleinen Freuden des Alltags zu erfreuen. Die Welt um ihn herum schien voller Möglichkeiten und neuer Entdeckungen zu sein.

3

Der morgendliche Nebel hing über dem Bodensee und verlieh der Landschaft eine mystische Atmosphäre. Kadir stand am Ufer und blickte auf das sanft schimmernde Wasser. Er bemerkte wie gut ihm die innere Ruhe und Ausgeglichenheit tat und beschloss, den Bodensee noch weiter zu erkunden.
Mit seinem Auto fuhr er entlang der malerischen Küstenstraße und genoss die Stille und den Anblick der idyllischen Dörfer. Die Nebelschwaden, die sich über die Hügel und Felder zogen, verliehen der Umgebung einen geheimnisvollen Touch. Die kleinen, mit Fachwerk geschmückten Häuser in den Dörfern strahlten Gemütlichkeit aus und die bunten Blumen vor den Gärten zauberten lebendige Farbtupfer in das Bild.
Schließlich erreichte Kadir einen ruhigen Ort abseits des Trubels, umgeben von üppigem Grün und einer traumhaften Aussicht auf den See. Das Dorf, in dem er ankam, war von charmanten Gassen durchzogen, die von blühenden Bäumen gesäumt waren. Der Duft von frischem Kaffee und frisch gebackenem Brot lag in der Luft, als er das Auto parkte und ausstieg.
Kadir checkte in einem bezaubernden Hotel ein, das von einem freundlichen älteren Ehepaar geführt wurde. Das Gebäude mit seiner traditionellen Architektur fügte sich

harmonisch in die Umgebung ein. Der Hoteleingang war von üppigen Blumenbeeten umrahmt und ein kleiner Springbrunnen plätscherte friedlich im Hintergrund.
Sie begrüßten ihn herzlich und boten ihm ein gemütliches Zimmer mit Blick auf den See an. Während des Check-ins entstand ein angeregtes Gespräch. "Wir freuen uns, Sie bei uns begrüßen zu dürfen, Herr Demir", sagte der Hotelbesitzer, Herr Weber, mit einem warmen Lächeln. "Der Bodensee ist ein Ort der Ruhe und Entspannung. Hier finden viele Menschen die innere Balance wieder."
Kadir nickte zustimmend und betrachtete die traditionelle Einrichtung der Hotellobby. Antike Möbel, kunstvolle Gemälde an den Wänden und der angenehme Duft von Zedernholz schufen eine nostalgische Atmosphäre. "Die Einrichtung ist wunderbar. Es strahlt eine zeitlose Eleganz aus", bemerkte er.
Frau Weber, die an der Rezeption stand, lächelte. "Vielen Dank für das Kompliment. Wir möchten, dass sich unsere Gäste wie zu Hause fühlen und eine Verbindung zur Geschichte dieser Region spüren."
Kadir wandte seinen Blick nach draußen und bemerkte die weitläufige Terrasse des Hotels. Mit einem atemberaubenden Blick auf den See und bequemen Lounge-Möbeln war es der perfekte Ort, um den Ausblick zu genießen. "Die Terrasse ist ein wunderbarer Ort, um den Sonnenuntergang zu erleben", sagte er und deutete auf die Liegestühle. "Habe ich das Privileg, dort Platz zu nehmen?"
Herr Weber nickte begeistert. "Aber natürlich! Die Terrasse steht unseren Gästen jederzeit offen. Sie ist ein beliebter Ort,

um die Schönheit des Sees in Ruhe zu genießen."
Kadir bedankte sich für die warmen Worte und begab sich in sein Zimmer. Er öffnete das Fenster und ließ die frische Brise hereinströmen. Sein Blick fiel auf die friedliche Szenerie des Sees, und er spürte, wie sich eine tiefe Gelassenheit in ihm ausbreitete. Von seinem Zimmer aus konnte er den Fischerbooten zusehen, die langsam über das ruhige Wasser glitten. Das leise Plätschern der Wellen und das ferne Zwitschern der Vögel schufen eine beruhigende Symphonie der Natur.
In den folgenden Tagen nutzte Kadir die Zeit am Bodensee, um Spaziergänge entlang des Ufers zu unternehmen, die klare Luft einzuatmen und die Schönheit der Natur zu genießen. Die Wege führten ihn durch schattige Wälder und entlang blühender Wiesen. Er passierte kleine Cafés und Boutiquen, in denen er sich mit regionalen Köstlichkeiten und handgefertigten Souvenirs verwöhnen ließ.
Bei einem abendlichen Spaziergang am Seeufer traf Kadir auf eine ältere Dame, die dort verweilte und den Sonnenuntergang beobachtete. Sie strahlte eine Ruhe und Gelassenheit aus, die Kadir anzog. Vorsichtig trat er näher und sprach sie an: "Ein wunderschöner Abend, finden Sie nicht?"
Sie lächelte sanft und erwiderte: "Ja, es gibt kaum etwas Schöneres als den Zauber eines Sonnenuntergangs am Bodensee. Es erinnert uns daran, dass es im Leben um die kleinen kostbaren Augenblicke geht."
Kadir nickte nachdenklich und wandte seinen Blick auf die goldenen Sonnenstrahlen, die sich auf der Wasseroberfläche spiegelten. "Das ist wahr. In der Hektik des Alltags vergessen

wir oft, uns diese Momente der Ruhe zu gönnen und die Schönheit um uns herum wahrzunehmen."

Die Dame lächelte und antwortete: "Die wahre Schönheit liegt oft im Einfachen und im bewussten Erleben des Augenblicks. Hier am See finde ich meine innere Ruhe und kann mich mit der Natur verbinden. Es ist wie ein heilsamer Balsam für die Seele."

Kadir bedankte sich für das Gespräch und setzte seinen Spaziergang fort. Die Worte der Dame hallten in ihm nach und er spürte, wie er langsam aber sicher zu einem tieferen Verständnis von sich selbst gelangte. Die Abenddämmerung tauchte den Himmel in warme Farben, und während er den Sonnenuntergang über dem *Bodensee* bewunderte, wurde ihm klar, dass diese Reise zur Erholung genau das war, was er gebraucht hatte. Hier am Ufer des Sees fand er nicht nur äußere Ruhe, sondern auch die Möglichkeit, mit sich selbst in Einklang zu kommen und seine innere Stimme wiederzuentdecken.

4

Am nächsten sonnigen Nachmittag flanierte Kadir durch den Stadtpark, als er plötzlich auf eine interessante Dame stieß. Sie hatte eine besondere Ausstrahlung, Kadir fiel ihre besondere Ausstrahlung auf, und er beschloss, das Gespräch mit ihr zu suchen.

"Entschuldigen Sie die Störung, mir ist sofort Ihre positive Ausstrahlung aufgefallen. Mein Name ist Kadir. Wie darf ich Sie ansprechen?", fragte er mit einem freundlichen Lächeln, während er die angenehme Atmosphäre des Parks in sich aufnahm.

Die Dame erwiderte sein Lächeln und stellte sich als Anna vor. Ihr Lächeln war warm und einladend, und sie strahlte eine Ruhe aus, die Kadir faszinierte. "Freut mich, dich kennenzulernen, Kadir. Was führt dich in den Park? Genießt du auch das herrliche Wetter?"

Kadir erwiderte ihr Lächeln und nickte. "Ja, definitiv. Es ist einfach zu schön, um drinnen zu bleiben. Ich liebe es, in der Natur zu sein und die Sonne auf meiner Haut zu spüren. Es gibt mir eine gewisse innere Ruhe und Gelassenheit."

Anna nickte zustimmend und beobachtete die Menschen, die um sie herum den Park bevölkerten. "Ich verstehe genau, was du meinst. Die Natur hat eine beruhigende Wirkung auf uns und kann uns helfen, unseren Geist zu klären. Für mich ist der Park ein Ort der Entspannung und Inspiration."

Kadir lächelte und nahm sich einen Moment Zeit, die wunderschöne Umgebung bewusst wahrzunehmen. Die grünen Bäume, die sanft im Wind wiegten, und das fröhliche Zwitschern der Vögel vermittelten ihm ein Gefühl von Freiheit und Leichtigkeit. "Ich bin froh, dass ich diesen Nachmittag hier im Park verbringe. Es ist so wichtig, Momente wie diese zu genießen und dem Alltagstrott zu entfliehen."

Anna nickte zustimmend und wandte ihren Blick wieder Kadir zu. "Du hast gerade etwas erwähnt, dass du dem Alltagstrott entfliehen möchtest. Warum fühlst du dich gefangen und welche Veränderungen möchtest du in deinem Leben vornehmen?"

Kadir dachte einen Moment nach und sammelte seine Gedanken. "In letzter Zeit habe ich das Gefühl, dass mein Leben eine Abfolge von Routinen geworden ist. Ich stecke in einem Hamsterrad fest und frage mich, ob es da draußen noch mehr für mich gibt. Ich möchte herausfinden, was mir wirklich wichtig ist und was mich erfüllt. Ich möchte das Gefühl haben, dass ich mein Leben bewusst gestalte und nicht einfach nur funktioniere."

Anna lächelte einfühlsam und nickte. "Das ist ein wichtiger Schritt, Kadir. Die meisten von uns sehnen sich danach, ein erfülltes Leben zu führen und ihre wahre Leidenschaft zu entdecken. Es erfordert Mut und Selbstreflexion, um herauszufinden, was uns wirklich glücklich macht. Hast du bereits Ideen oder Leidenschaften, die du gerne weiterverfolgen möchtest?"

Kadir dachte einen Moment nach und ließ seinen Blick über den Park schweifen. "Ehrlich gesagt, habe ich in letzter Zeit das Gefühl, dass ich mich von meinen eigenen Interessen und Leidenschaften entfremdet habe. Ich habe so viel Zeit in meinen beruflichen Verpflichtungen verbracht, dass ich mich vernachlässigt fühle. Aber ich möchte das ändern. Ich möchte mich wieder mit meinen Interessen verbinden und neue Dinge ausprobieren."
Anna nickte verständnisvoll. "Das ist ein guter Ansatz, Kadir. Es ist nie zu spät, sich selbst neu zu entdecken und seine Leidenschaften wiederzufinden. Nimm dir Zeit für dich selbst und erkunde, was dich wirklich glücklich macht. Du könntest eine Liste mit Aktivitäten erstellen, die du gerne ausprobieren möchtest, und sie nach und nach angehen. Manchmal findet man seine wahre Leidenschaft in den unerwartetsten Momenten."
Kadir lächelte dankbar und spürte, wie sich eine neue Energie in ihm regte. "Danke, Anna. Deine Worte haben mich wirklich inspiriert. Ich werde mir Zeit für Selbstreflexion nehmen und nach neuen Erfahrungen suchen, um herauszufinden, was mir Erfüllung bringt. Vielleicht fange ich damit an, eine neue Sportart auszuprobieren oder einen Malereikurs zu besuchen."
Anna lächelte warmherzig. "Das klingt nach großartigen Plänen, Kadir. Ich bin sicher, dass du deinen Weg zur Erfüllung finden wirst. Vertraue deinem Inneren und sei offen für die Reise, die vor dir liegt. Manchmal sind es die kleinen Schritte, die den größten Unterschied machen."
Kadir bedankte sich erneut bei Anna für ihre inspirierenden Worte und spürte eine neue Entschlossenheit in sich

aufsteigen. Während sie sich voneinander verabschiedeten, wusste Kadir, dass er einen neuen Weg eingeschlagen hatte.
Der Park wurde zu einem Symbol für seine Veränderung, und er war fest entschlossen, die Schönheit des Lebens zu erkunden und das zu finden, was ihm wahre Erfüllung bringt.
Mit einem Gefühl der Vorfreude auf die kommenden Abenteuer machte sich Kadir auf den Heimweg, bereit, sein Leben bewusster zu gestalten und das zu finden, was sein Herz wirklich zum Leuchten bringt.

5

Zurück in *Stuttgart*. Montagmorgen. Die Sonne war gerade aufgegangen, als Kadir den Tag mit gemischten Gefühlen begann. Er spürte die Last des Montags auf seinen Schultern, während er sich auf den Weg zur Arbeit machte. Der Verkehr war wie üblich chaotisch und die Hektik der Stadt verstärkte seinen Stress.

Als Kadir sein Büro betrat, war der Schreibtisch bereits mit Stapeln von Akten und unerledigten Aufgaben gefüllt. Er seufzte schwer und nahm sich einen Moment, um tief durchzuatmen und sich auf den bevorstehenden Arbeitstag vorzubereiten.

Die Stunden vergingen schnell, während Kadir sich von einer Aufgabe zur nächsten arbeitete. Das Telefon klingelte ununterbrochen, E-Mails stapelten sich in seinem Posteingang, und die Anforderungen der Kunden schienen kein Ende zu nehmen. Der Stress drückte auf ihn wie eine schwere Last.

In seiner Mittagspause entschied sich Kadir, einen kurzen Spaziergang im nahegelegenen Park zu machen, um etwas frische Luft zu schnappen und seine Gedanken zu sammeln. Doch selbst dort konnte er nicht wirklich abschalten. Sein Kopf war voll mit beruflichen Verpflichtungen und der ständigen Sorge, den Erwartungen gerecht zu werden.

Als er auf einer Parkbank saß und in die Ferne blickte, fiel ihm plötzlich eine Gestalt auf, die sich langsam auf ihn zubewegte. Es war Michael, der Obdachlose, den Kadir bereits vor seiner Abreise an den *Bodensee* getroffen hatte. Ein schwaches Lächeln zeigte sich auf Michaels Gesicht, als er sich neben Kadir setzte.
Michael mit einem freundlichen Lächeln: "Hallo. Lange nicht gesehen. Wie geht es dir? Wie heißt du denn überhaupt?"
Kadir antwortete überrascht. "Oh, hallo. Es ist wieder Montag, du weißt schon, der Stress im Büro... Ich heiße Kadir und du?"
Michael nickte verständnisvoll. "Ja, ich kann es sehen. Du wirkst erschöpft. Aber sag mir, was ist neben all dem Stress wirklich wichtig? Was bringt dir Erfüllung im Leben? Ich heiße Michael."
Kadir seufzte und dachte einen Moment nach. "Ich weiß es nicht, Michael. Manchmal fühlt es sich an, als ob ich in einem Hamsterrad stecke. Ich renne und renne, aber frage mich, wohin das alles führt."
Michael: "Hast du jemals darüber nachgedacht, was dich wirklich erfüllt? Was dich zum Lächeln bringt und dich lebendig fühlen lässt?"
Kadir seufzte. "Ehrlich gesagt, habe ich in den letzten Jahren nicht wirklich darüber nachgedacht. Ich habe mich so sehr auf meine Arbeit konzentriert, dass ich andere Aspekte meines Lebens vernachlässigt habe."
Michael machte ihn langsam klar. "Es ist nie zu spät, um nach innen zu schauen und herauszufinden, was dich wirklich glücklich macht. Vielleicht ist es Zeit, dass du dir erlaubst, dich selbst zu entdecken und das Leben auf eine neue Weise zu

erleben."
Kadir ließ Michaels Worte auf sich wirken. Er merkte, wie sehr ihn die Arbeit nach seiner Erholung wieder eingenommen hat und wie er Gefahr lief, all die wichtigen Erkenntnisse der letzten Tage wieder aus den Augen zu verlieren. Es war es an der Zeit, sich neu auszurichten und Prioritäten zu setzen.
Kadir bedankte sich: "Danke, Michael. Du hast recht. Ich werde mir Zeit nehmen, um herauszufinden, was mir wirklich wichtig ist und was mir Erfüllung bringt. Das Leben sollte nicht nur aus Arbeit und Stress bestehen."
Michael lächelte. "Genau, Kadir. Das Leben ist eine wertvolle Reise, und es liegt an uns, sie mit Freude und Erfüllung zu füllen. Lass dich nicht von der Hektik des Alltags erdrücken. Nimm dir Zeit für die kleinen Dinge, die dich glücklich machen. Es können die einfachen Freuden des Lebens sein, die den größten Wert haben."
Kadir nickte. "Das klingt nach einem guten Plan, Michael. Ich werde versuchen, mich bewusster auf die kleinen Dinge zu konzentrieren und meine Perspektive zu erweitern."
Michael sagte leise: "Das freut mich zu hören, Kadir. Das Leben steckt voller Möglichkeiten und Schönheit, manchmal müssen wir nur unsere Augen dafür öffnen. Ich wünsche dir alles Gute auf deiner Reise zur Erfüllung."
Mit einem dankbaren Lächeln verabschiedeten sich Kadir und Michael voneinander. Kadir spürte, wie eine neue Energie in ihm aufstieg. Er war bereit, den Montagsstress hinter sich zu lassen und sich auf die Suche nach dem zu machen, was ihm wirklich Erfüllung bringt. Die Begegnung mit Michael hatte ihn daran erinnert, dass das Leben so viel mehr zu bieten hatte

als nur Arbeit und Stress. Kadir beschloss, den Tag mit einer positiven Einstellung fortzusetzen und neue Wege zu erkunden, um seine wahre Erfüllung zu finden.

6

Am Dienstagmittag brach Kadir auf, um geschäftlich von *Stuttgart* nach *Offenburg* zu fahren. Der Verkehr war relativ ruhig, und Kadir entschied sich, laute Musik anzumachen, um sich in eine positive Stimmung zu versetzen. Die mitreißenden Klänge füllten den Innenraum des Autos und er fühlte sich lebendig.

Kadir summte fröhlich mit und genoss die Fahrt. Als er *Karlsruhe* erreichte, fiel ihm plötzlich auf, dass der Tank seines Autos fast leer war. Mit einem kleinen Schrecken realisierte er, dass er vergessen hatte, vor der Fahrt zu tanken.

Er steuerte den nächsten Rastplatz an und fuhr zur Tankstelle. Während er dort stand und sein Auto betankte, bemerkte er einen Mann mittleren Alters, der ebenfalls sein Fahrzeug betankte. Der Mann hatte ein breites Lächeln auf dem Gesicht und wirkte sehr freundlich.

Kadir begrüßte ihn mit einer fröhlichen Stimme: "Guten Tag! Ich habe Glück, dass ich hier anhalten konnte. Mein Sprit hätte mich sonst auf halber Strecke im Stich gelassen."

Der Mann lachte herzlich und antwortete: "Ja, manchmal sind solche Zufälle wie eine Erinnerung daran, dass wir uns um unsere Grundbedürfnisse kümmern sollten. Ein leerer Tank kann uns buchstäblich zum Stillstand bringen, genau wie das

Vernachlässigen unserer persönlichen Bedürfnisse uns in unserem Leben ausbremsen kann."
Kadir fragte: "Das stimmt. Aber wie finde ich den Mut, meine Komfortzone zu verlassen und neue Dinge auszuprobieren? Ich fühle mich manchmal so festgefahren."
Der Mann nickte verständnisvoll und begann eine einfache Metapher zu erzählen: "Stell dir vor, du stehst auf einem festen Boden, der dich sicher hält. Aber du siehst einen Weg, der dich zu einem schöneren Ort führen könnte. Um diesen Weg zu gehen, musst du jedoch eine Brücke überqueren, die über einen Fluss führt. Die Brücke ist schmal und wackelig, und du bist unsicher, ob sie dich tragen kann."
Kadir lauschte gespannt den Worten des Mannes und ließ die Metapher auf sich wirken.
Der Mann erzählte weiter: "Die Komfortzone ist wie dieser sichere Boden. Du fühlst dich wohl und geborgen, aber tief in dir spürst du den Ruf nach Wachstum und Veränderung. Die Brücke repräsentiert die Herausforderungen und Unsicherheiten, denen du begegnen wirst, wenn du deine Komfortzone verlässt. Aber nur, wenn du den Mut hast, die Brücke zu überqueren, wirst du die Möglichkeit haben, neue Erfahrungen zu machen und zu wachsen."
Kadir nickte. "Das macht Sinn. Es ist nicht leicht, die Sicherheit hinter sich zu lassen, aber ich möchte wirklich mehr aus meinem Leben machen. Ich denke, es ist an der Zeit, über diese Brücke zu gehen."
Der Mann lächelte ermutigend und reichte Kadir die Hand. "Ich wünsche dir viel Mut und Entschlossenheit auf deiner Reise. Denk daran, dass du nicht allein bist. Es gibt viele

Menschen, die dich unterstützen und dir helfen werden, wenn du den Schritt wagst."

Kadir schüttelte die Hand des Mannes dankbar und spürte eine neue Entschlossenheit in sich aufkeimen. Er bedankte sich für das inspirierende Gespräch und ging in die Tankstelle, um zu bezahlen.

Während er weiterfuhr, betrachtete er die Brücke vor sich als Symbol für die Herausforderungen, die er bereit war anzunehmen. Mit lauter Musik im Hintergrund und einem Lächeln auf den Lippen setzte er seine Reise fort, mit dem festen Entschluss, seine Komfortzone zu verlassen und sich neuen Möglichkeiten zu öffnen.

Kadir machte sich Gedanken darüber, was ihn auf seiner Reise erwartete und welche neuen Abenteuer und Erfahrungen er machen würde. Er spürte eine Mischung aus Aufregung und Nervenkitzel, als er die Landschaft vorbeiziehen sah.

Als er über die Brücke fuhr und den Fluss unter sich sah, kam ihm der Fluss des Lebens in den Sinn, das Leben befindet sich nie im Stillstand. Es ist in ständiger Bewegung, auch wenn man mal das Gefühl hat auf der Stelle zu stehen, so erlangt man doch jeden Tag neue Erkenntnisse. Nur man selbst hat es in der Hand, welchen Weg man einschlägt. Steht der Fluss vor einer Abzweigung, kann man den linken oder den rechten Weg wählen. Diese Entscheidung kann man sich jeden Tag aufs neue für sich selbst treffen. Er ließ die Vergangenheit und die Zweifel hinter sich und konzentrierte sich auf die Gegenwart und die Zukunft. Es war ein Moment der Transformation und des persönlichen Wachstums.

Während Kadir weiterfuhr, dachte er über das inspirierende

Gespräch mit dem freundlichen Mann an der Tankstelle nach. Er war dankbar für die unerwartete Begegnung und die Weisheit, die er daraus gezogen hatte. Manchmal konnte eine einfache Begegnung mit einem Fremden eine große Wirkung haben und die Perspektive auf das Leben verändern.

Mit jedem Kilometer, den er hinter sich ließ, spürte Kadir, wie sich seine Entschlossenheit und sein Mut stärkten. Er wusste, dass der Weg vor ihm nicht immer einfach sein würde, aber er war bereit, die Herausforderungen anzunehmen und seine Grenzen zu erweitern.

Kadir versprach sich, sich selbst treu zu bleiben und immer wieder nach neuen Möglichkeiten zu suchen, um seine Träume zu verwirklichen. Er entschloss sich mutig sein, seine Ängste zu überwinden und seine Leidenschaften zu verfolgen. Und wenn er auf dem Weg Unsicherheiten begegnen würde, würde er sich an die Worte des Mannes erinnern, der ihm geholfen hatte, den ersten Schritt zu wagen.

Mit diesen Gedanken und einem erneuerten Gefühl der Entschlossenheit fuhr Kadir weiter auf der Autobahn, bereit für die Abenteuer, die vor ihm lagen.

7

Nach einer langen Fahrt erreichte Kadir endlich *Offenburg*. Er fuhr zum Hotel, stellte sein Auto ab und machte sich auf den Weg zur Rezeption, um einzuchecken. Der Empfangsbereich war gefüllt mit Gästen, aber das freundliche Personal sorgte dafür, dass Kadir schnell sein Zimmer erhielt.

Erschöpft von der Fahrt, begab sich Kadir auf sein Hotelzimmer. Er zog sich aus und beschloss, eine Dusche zu nehmen, um sich wieder aufzufrischen. Das warme Wasser ließ die körperliche Anstrengung der Fahrt von ihm abfallen, und er spürte, wie seine Energie langsam zurückkehrte.

Nach der Dusche legte sich Kadir für einen Moment hin und schloss die Augen. Die Müdigkeit überwältigte ihn, und er entschied sich, kurz ein Nickerchen zu machen. Als er drei Stunden später aufwachte, war es bereits 20 Uhr.

Kadir streckte sich und stand langsam auf. Er schaute aus dem Fenster und bemerkte das Abendlicht, das langsam zu verblassen begann. Er wusste, dass er noch etwas erleben wollte, bevor der Tag vorbei war. Er zog sich elegant an und machte sich auf den Weg zur Hotelbar.

Als Kadir den Aufzug hinunterfuhr und die Türen sich öffneten, wurde er von einem lebhaften Treiben überrascht.

Die Bar war voll von Menschen, die sich angeregt unterhielten

und lachten. Kadir fand einen freien Platz an der Bar und setzte sich.
Die Frau hinter dem Tresen lächelte ihn an und fragte: "Was darf es für Sie sein?"
Kadir lächelte. "Ein Whisky-Cola mit Eiswürfeln, bitte."
Die Frau bereitete das Getränk zu und reichte es ihm mit einem freundlichen Lächeln. Kadir nahm einen Schluck und spürte, wie der erfrischende Geschmack seine Sinne belebte.
"Ein Whisky-Cola, um den Abend zu genießen. Ich hoffe, er bringt Ihnen ein wenig Entspannung nach einem langen Tag.", sagte die Frau hinter dem Tresen.
Kadir nickte und lächelte dankbar. "Ja, das kann ich wirklich gebrauchen. Es war eine anstrengende Fahrt heute."
Die Frau hinter dem Tresen lehnte sich etwas näher und begann ein Gespräch mit ihm.
"Manchmal vergessen wir in unserem hektischen Alltag, uns selbst etwas Gutes zu tun. Wir müssen lernen, uns selbst zu lieben und uns Zeit für uns selbst zu nehmen."
Kadir lauschte aufmerksam und fragte: "Aber wie finde ich heraus, wie ich mich selbst lieben kann?"
Die Frau hinter dem Tresen lächelte und erzählte: "Stell dir vor, du bist ein Blumenbeet. Jede Blume repräsentiert eine Eigenschaft oder eine Leidenschaft, die du in dir trägst. Um dich selbst zu lieben, musst du dich um jedes einzelne Pflänzchen kümmern, es hegen und pflegen. Du musst dich mit deinen Stärken und Schwächen anfreunden und lernen, dich selbst anzunehmen. Indem du dich um dein eigenes Blumenbeet kümmerst, wächst und erblüht auch deine Selbstliebe."

Kadir lächelte nachdenklich. Die Metapher der Frau hinter dem Tresen berührte ihn, und er dachte darüber nach, wie er sein eigenes Blumenbeet pflegen konnte.
"Danke für diese schöne Metapher. Es gibt mir eine neue Perspektive. Ich werde daran denken und mich bemühen, mich selbst besser kennenzulernen und zu akzeptieren."
Die Frau hinter dem Tresen nickte zustimmend. "Das ist ein guter Anfang. Jeder von uns hat seine eigene Reise zur Selbstliebe. Wichtig ist, dass wir uns die Zeit nehmen, uns mit uns selbst zu beschäftigen und unsere inneren Bedürfnisse zu erkennen."
Kadir bedankte sich für das Gespräch und genoss den Rest seines Abends in der lebendigen Atmosphäre der Hotelbar. Die Worte der Frau hinter dem Tresen begleiteten ihn und ließen ihn nachdenklich und inspiriert zurück.
Als Kadir an seiner Whisky-Cola nippte, schaute er sich um und bemerkte einen Mann, der am anderen Ende der Bar saß. Der Mann war vertieft in ein Buch und schien von der Außenwelt abgeschottet zu sein. Kadir fühlte sich von der Szene angezogen und beschloss, das Gespräch zu suchen.
Kadir fragte: "Entschuldigen Sie, ich habe bemerkt, dass Sie ein Buch lesen. Darf ich fragen, welches es ist?"
Der Mann hob den Blick von seinem Buch und lächelte freundlich. "Natürlich! Es handelt sich um einen Roman von Haruki Murakami. Seine Bücher faszinieren mich immer wieder mit ihrer einzigartigen Mischung aus Realität und Fantasie. Ich kann mich einfach in seine Geschichten verlieren."
Kadir sagte: "Oh, das klingt interessant. Ich habe viel von

Murakami gehört, aber noch keines seiner Bücher gelesen. Welches würden Sie empfehlen?"
Der Mann dachte kurz nach und antwortete: "Wenn Sie einen Einstieg in Murakamis Werke suchen, könnte 'Kafka am Strand' eine gute Wahl sein. Es ist eine fesselnde Geschichte mit vielschichtigen Charakteren und einer mysteriösen Handlung. Aber jeder Roman von ihm hat seinen eigenen Reiz. Es hängt wirklich von Ihren persönlichen Vorlieben ab."
Kadir bedankte sich für den Tipp und tauschte noch ein paar Worte mit dem Mann über Bücher im Allgemeinen. Es war erfrischend, mit jemandem über Literatur zu sprechen und neue Perspektiven zu entdecken.
Als die Zeit verging, entschied sich Kadir, noch etwas frische Luft zu schnappen. Er zahlte seine Rechnung an der Bar und erhob sich von seinem Platz.
Kadir sagte: "Es war schön, mit Ihnen zu sprechen. Vielen Dank für die Buchempfehlung. Ich werde definitiv einen Blick in Murakamis Werke werfen."
Der Mann lächelte. "Das freut mich zu hören. Ich wünsche Ihnen viel Freude beim Lesen und eine angenehme Zeit hier in *Offenburg*."
Mit einem Lächeln verabschiedeten sie sich voneinander, und Kadir ging in Richtung Hotelausgang. Die Begegnung mit dem Buchliebhaber hatte ihn daran erinnert, wie inspirierend und bereichernd es sein konnte, sich mit anderen Menschen auszutauschen und neue Interessen zu entdecken.

8

Kadir verließ das Hotel mit einem warmen Gefühl in der Brust. Die Worte der Frau hinter dem Tresen hatten ihn inspiriert und erfüllt.
Während er durch die belebten Straßen schlenderte, genoss Kadir die Atmosphäre der Stadt und ließ die Gedanken in seinem Kopf kreisen. Das abendliche Treiben, das Lachen der Menschen und das gedämpfte Licht der Straßenlaternen verliehen der Szenerie einen besonderen Charme.
Plötzlich erblickte Kadir in der Ferne eine vertraute Gestalt. Es war sein alter Freund David, den er schon seit Jahren nicht mehr gesehen hatte. Ein Lächeln breitete sich auf Kadirs Gesicht aus, und er beschleunigte seine Schritte, um zu ihm aufzuschließen.
Kadir lächelte. "David! Bist das wirklich du?"
David drehte sich um und erkannte Kadir sofort. Er umarmte ihn herzlich.
David ist von Kadir ganz überrascht. "Kadir, alter Freund! Wie lange ist es her? Es ist echt schön, dich zu sehen!"
Die beiden Männer tauschten sich über ihre Leben aus und erzählten sich von den Erlebnissen der vergangenen Jahre. Es war, als würden sie nahtlos an ihre alten Zeiten anknüpfen. Kadir erzählte David von seiner Reise und den Erkenntnissen,

die er in den letzten Tagen gewonnen hatte. Er sprach über die Bedeutung der Selbstliebe und wie wichtig es war, seine Komfortzone zu verlassen, um persönliches Wachstum zu erfahren.
David hörte aufmerksam zu und nickte zustimmend.
David sagte: "Kadir, du sprichst wahre Worte. Ich habe in den letzten Jahren selbst gelernt, wie wichtig es ist, sich selbst treu zu bleiben und seinen eigenen Weg zu gehen. Manchmal müssen wir unsere Ängste überwinden und uns auf das Unbekannte einlassen, um wahre Erfüllung zu finden."
Kadir nickte. "Genau, David! Es ist nicht immer leicht, aber die Belohnungen sind es wert. Wir sollten uns nicht von unseren Ängsten zurückhalten lassen, sondern mutig voranschreiten und das Leben in vollen Zügen genießen."
Die beiden Freunde setzten ihren Spaziergang fort und ließen ihre Gedanken in die Nacht hinein schweifen. Sie tauschten sich über ihre Träume und Ziele aus und ermutigten einander, diese zu verfolgen.
Als sich der Abend dem Ende neigte, verabschiedeten sich Kadir und David voneinander mit der Gewissheit, dass sie in Kontakt bleiben würden.
Kadir kehrte schließlich zurück zum Hotel, erfüllt von den Erlebnissen und Begegnungen dieses Tages. Er legte sich ins Bett. Die Gespräche mit der Frau hinter dem Tresen und seinem alten Freund David hatten sein Verständnis für sich selbst und das Leben vertieft. Mit einem Gefühl der Dankbarkeit und Vorfreude auf die kommenden Tage schlief Kadir ein, bereit für neue Abenteuer und Erkenntnisse, die ihm auf seiner Reise begegnen würden.

9

Kadir erwachte am nächsten Morgen um 7 Uhr in seinem Hotelzimmer in *Offenburg*. Der Wecker klingelte und er sprang schnell aus dem Bett. Er wusste, dass er nicht viel Zeit hatte, um sich für das wichtige Meeting vorzubereiten, das bereits um 8 Uhr beginnen würde.

Während er sich hastig anzog und seine Sachen zusammenpackte, spürte Kadir wieder eine gewisse Leere in seinem Inneren. Obwohl er beruflich erfolgreich war, merkte er, dass er etwas verändern musste. Der ständige Druck und die Hektik des Geschäftslebens nahmen langsam ihren Tribut.

Kadir eilte zum Meeting und setzte sich in den Raum voller Menschen, die über Pläne und Zahlen sprachen. Doch sein Geist schweifte ab und seine Gedanken wanderten zu einem ruhigen und entspannten Leben, nach dem er sich sehnte. Er stellte sich vor, wie er eine liebevolle Familie hatte, Kinder, die er von Herzen liebte, und Momente der Geborgenheit und Zufriedenheit.

Während er den Diskussionen und Präsentationen lauschte, konnte er sich kaum auf das Geschehen konzentrieren. Die Monotonie und der Stress des Geschäftsalltags zerrten an seinen Nerven. Er sehnte sich nach einem Moment der Ruhe und Gelassenheit. Kadir konnte es kaum abwarten, wieder im

Hotel zu sein, um für einen kurzen Moment dem Trubel zu entfliehen. Er verspürte den starken Wunsch nach einem Ausgleich, nach einem Leben, das mehr als nur Erfolg und Prestige bot. Er erkannte, dass er vielleicht den Preis für seinen Erfolg zu hoch bezahlt hatte.

Endlich endete das Meeting und Kadir eilte aus dem Raum. Er machte sich auf den Weg zurück zum Hotel und die Minuten schienen wie Stunden zu vergehen. Die Vorstellung, in sein ruhiges Hotelzimmer zurückzukehren und einen Moment für sich selbst zu haben, erfüllte ihn mit Freude und Erleichterung.

Als er schließlich die Tür seines Hotelzimmers öffnete, empfing ihn eine angenehme Stille. Er ließ sich auf das Bett fallen und schloss für einen kurzen Moment die Augen. Die Gedanken an ein ruhiges und erfülltes Leben begleiteten ihn weiterhin.

Kadir wusste, dass er eine Veränderung anstreben musste. Er wollte nicht länger nur von Erfolg und Karriere getrieben sein. Es war an der Zeit, nach einem Gleichgewicht zu suchen, das ihm sowohl berufliche Erfüllung als auch persönliche Glücksmomente bot.

Mit dieser Erkenntnis im Hinterkopf entschied sich Kadir, den restlichen Abend dazu zu nutzen, seine Gedanken zu ordnen und darüber nachzudenken, wie er sein Leben in eine neue Richtung lenken könnte. Er wollte nicht länger dem Non-Stop-Rhythmus folgen, sondern bewusst Entscheidungen treffen, die ihm wahre Erfüllung und Zufriedenheit brachten.

In der Stille seines Hotelzimmers nahm er sich Zeit für sich selbst und begann, Pläne für eine Veränderung zu schmieden. Er war bereit, neue Wege zu gehen und das Gleichgewicht

zwischen Arbeit und persönlichem Glück wiederherzustellen.
Das nächste Kapitel seines Lebens sollte nicht nur von Stress und Hektik geprägt sein, sondern von bewussten Entscheidungen, die ihm ein erfülltes und ausgeglichenes Leben ermöglichten. Kadir war fest entschlossen, diese Veränderung anzugehen und den Weg zu finden, der ihm wahre Erfüllung brachte.
Mit diesem Entschluss im Herzen fiel Kadir in einen tiefen Schlaf, bereit für die Herausforderungen und Möglichkeiten, die das Leben ihm bieten würde.

10

Am nächsten Morgen erwachte Kadir um 7 Uhr und machte sich bereit für den Tag. Er duschte gründlich und zog sich schick an, denn er wusste, dass er heute eine wichtige Verabredung hatte. Vor dem Verlassen seines Hotelzimmers überprüfte er noch einmal seinen Koffer, um sicherzugehen, dass er nichts vergessen hatte.

In der Hotellobby angekommen, begab sich Kadir zum Frühstücksbereich, um sich für den Tag zu stärken. Er genoss sein Frühstück in aller Ruhe und ließ die Gedanken schweifen. Nachdem er sein letztes Stück Toast verspeist hatte, kehrte er noch einmal in sein Zimmer zurück, um seinen Koffer endgültig zu schließen.

Um 10:30 Uhr war es schließlich soweit - Kadir checkte aus dem Hotel aus und begab sich zu seinem Auto. Diesmal hatte er aus den vorherigen Erfahrungen gelernt und überprüfte vor der Abfahrt den Tank. Er wollte sicherstellen, dass er genug Treibstoff hatte, um die Fahrt nach *Stuttgart* ohne Unterbrechungen zu bewältigen.

Die Fahrt verlief reibungslos, und Kadir erreichte *Stuttgart* pünktlich um 13 Uhr. Er hatte eine Verabredung mit Sonja im *Café Liebe*, einem gemütlichen Ort, den sie beide aus früheren Zeiten kannten. Kadir war gespannt darauf, seine alte Freundin

wiederzusehen und sich mit ihr auszutauschen.
Als er das Café betrat, entdeckte er Sonja bereits an einem Tisch. Sie sah etwas müde aus, aber dennoch strahlte sie eine gewisse Gelassenheit aus. Kadir begrüßte sie herzlich und setzte sich zu ihr.
"Es ist so schön, dich wiederzusehen, Kadir", sagte Sonja mit einem warmen Lächeln.
"Ja, Sonja, ich freue mich auch dich wiederzusehen. Wie geht es dir?", erkundigte sich Kadir.
Sonja seufzte leicht und antwortete: "Es war eine turbulente Zeit für mich. Ich habe mich von meinem Partner getrennt und versuche jetzt, wieder zu mir selbst zu finden."
Kadir nickte verständnisvoll. "Manchmal müssen wir uns selbst verlieren, um uns wiederzufinden. Aber wie geht es dir jetzt damit?"
Sonja lächelte leicht. "Es ist ein Prozess, aber ich habe erkannt, dass man nicht nach dem richtigen Partner suchen sollte. Der richtige Partner kommt erst, wenn man nicht aktiv danach sucht. Es geht darum, sich selbst zu lieben und sein eigenes Glück zu finden."
Kadir lauschte aufmerksam und ließ Sonjas Worte auf sich wirken. Er erkannte, dass es nicht nur darum ging, einen Partner zu finden, sondern darum, sich selbst zu akzeptieren und ein erfülltes Leben zu führen.
"Sonja, du sprichst mir aus der Seele. Ich habe in letzter Zeit viel über den Sinn des Lebens nachgedacht und bin auf der Suche nach wahrer Erfüllung", offenbarte Kadir.
Die beiden Freunde tauschten ihre Gedanken aus und diskutierten über die Bedeutung von Selbstliebe und

persönlicher Weiterentwicklung. Sie erinnerten sich an gemeinsame Erlebnisse und teilten ihre Hoffnungen und Träume für die Zukunft.

Das Gespräch mit Sonja ermutigte Kadir, den Blick nach innen zu richten und sich bewusst mit sich selbst auseinanderzusetzen. Er erkannte, dass es nicht nur um äußeren Erfolg und materielle Dinge ging, sondern um innere Erfüllung und die Entdeckung seiner wahren Leidenschaften.

Nach einigen Stunden des Austauschs verabschiedeten sich Kadir und Sonja. Sie versprachen, in Kontakt zu bleiben und sich gegenseitig auf ihren individuellen Reisen zu unterstützen.

11

Nachdem Kadir sich von Sonja verabschiedet hatte, machte er sich auf den Weg zu seinem Auto. Auf dem Weg dorthin blieb er an einem Zeitungsständer stehen, um die aktuellen Nachrichten zu lesen. Während er die Schlagzeilen überflog, spürte er plötzlich eine Hand auf seiner Schulter.
Verwundert drehte sich Kadir um und sah Michael, den Obdachlosen, vor sich stehen. Ein freudiges Lächeln erschien auf seinem Gesicht. "Michael! Es ist schön, dich zu sehen!", rief Kadir erfreut aus.
Michael erwiderte das Lächeln und sagte: "Kadir, mein Freund, ich freue mich auch, dich wiederzusehen. Ich habe dich hier nicht mehr gesehen. Warst du auf einer Geschäftsreise?"
Kadir begann zu erzählen: "Ja, genau. Es war eine interessante Reise, Michael. Ich hatte einige Begegnungen, die mir dabei geholfen haben, mehr über das Verlassen meiner Komfortzone zu verstehen und mich selbst besser anzunehmen."
Die Augen von Michael leuchteten auf. "Das klingt spannend, Kadir. Erzähle mir mehr darüber."
Kadir berichtete von seiner Begegnung mit dem Mann auf dem Rastplatz, der ihm mit einfachen Metaphern erklärte, wie man seine Komfortzone verlässt. Er sprach darüber, wie er durch das Gespräch mit der Frau hinter dem Tresen im Hotel

erkannte, dass Selbstliebe und persönliche Entwicklung wichtige Schlüssel zum Glück sind.
Michael lauschte aufmerksam und nickte zustimmend. "Das ist tiefgründig, Kadir. Manchmal finden wir die wertvollsten Lektionen und Einsichten in den kleinen Begegnungen des Lebens."
Kadir stimmte zu und sagte: "Genau das habe ich auch bemerkt, Michael. Es sind diese scheinbar zufälligen Begegnungen, die uns neue Perspektiven eröffnen und uns helfen, unseren Weg zu finden."
Michael lächelte und fuhr fort: "Weißt du, Kadir, das Leben ist wie ein Fluss. Manchmal müssen wir unsere Komfortzone verlassen, um neue Ufer zu entdecken und unsere wahre Größe zu entfalten. Und Selbstliebe ist der Schlüssel dazu. Wenn wir uns selbst akzeptieren und lieben, öffnen sich Türen zu einem erfüllten Leben."
Kadir war beeindruckt von Michaels Weisheit und dankbar für diese erneute Begegnung. Die Worte des Obdachlosen trafen ihn tief und bestärkten ihn in seinem Streben nach innerer Erfüllung.
"Danke, Michael, für deine Worte und deine Unterstützung. Du hast recht, es ist an der Zeit, meine Komfortzone zu verlassen und mich selbst mehr anzunehmen. Ich bin froh, dass du mir immer wieder wichtige Lektionen mit auf den Weg gibst", sagte Kadir aufrichtig.
Die beiden Männer verabschiedeten sich herzlich voneinander. Kadir war erfüllt von neuen Erkenntnissen und fühlte sich gestärkt auf seinem Weg der persönlichen Entwicklung. Er setzte seine Reise nach Hause fort, wissend, dass er nun den

Mut hatte, seine Komfortzone zu verlassen und nach seinem eigenen Glück zu suchen.
Kadir verließ die belebte Innenstadt von *Stuttgart* und fuhr in Richtung *Esslingen*. Der Fahrtwind strich durch sein geöffnetes Cabriodach und ließ seine Gedanken frei schweifen. Die Begegnungen der letzten Tage hatten ihn nachdenklich gemacht und er konnte nicht umhin, über die unterschiedlichen Persönlichkeiten nachzudenken, denen er begegnet war.
Während er durch die malerische Landschaft fuhr, ließ er die Erinnerungen an die Gespräche mit der Frau hinter dem Tresen und dem lustigen Mann auf dem Rastplatz Revue passieren. Er fragte sich, was für Menschen sie wohl waren und wie sie es geschafft hatten, so extrovertiert und erfüllt vom Leben zu sein.
Ein Gedanke schlich sich in Kadir's Kopf: Vielleicht waren es genau diese Eigenschaften, die ihnen halfen, im Leben anzukommen und ihre Erfüllung zu finden. Sie schienen keine Angst zu haben, aus ihrer Komfortzone herauszutreten, und waren offen für neue Begegnungen und Erfahrungen.
Kadir selbst hatte oft das Bedürfnis verspürt, sich mehr zu öffnen und extrovertierter zu sein. Er hatte das Gefühl, dass er manchmal in seiner eigenen Zurückhaltung gefangen war und dadurch bestimmte Chancen verpasste. Aber die Begegnungen der letzten Tage hatten ihm gezeigt, dass es nie zu spät war, Veränderungen vorzunehmen und neue Wege zu gehen.
Die Straßen wurden ruhiger, als Kadir *Esslingen* erreichte. Die Stadt strahlte eine angenehme Ruhe und Friedlichkeit aus. Er parkte sein Auto vor seinem Haus und stieg aus. Der stressige

Alltag schien für einen Moment in den Hintergrund zu treten, während er die ruhige Nachbarschaft betrachtete.
Kadir wusste, dass er jetzt die Zeit hatte, sich mit den Erkenntnissen der letzten Tage auseinanderzusetzen und Veränderungen in seinem Leben anzustreben. Er hatte gelernt, dass es nicht darum ging, nach dem perfekten Partner oder einem bestimmten Erfolg zu suchen, sondern darum, sich selbst zu akzeptieren und den Mut zu haben, neue Wege zu gehen.
Entschlossen ging Kadir in sein Haus, bereit für die nächste Phase seines Lebens. Er war bereit, aus seiner Komfortzone auszubrechen und nach seiner eigenen Erfüllung zu streben.
Kadir setzte sich in sein gemütliches Wohnzimmer und lehnte sich entspannt in seinem Lieblingssessel zurück. Der Gedanke an die Erkenntnisse der letzten Tage ließ ihn nicht los. Er spürte den Drang, aktiv zu werden und Veränderungen anzugehen.
Er griff nach seinem Notizbuch und einem Stift und begann, seine Gedanken niederzuschreiben. Er machte eine Liste von Dingen, die er gerne in seinem Leben verändern und erreichen wollte.

- *Ich möchte regelmäßig Zeit in meinen Tagesablauf einplanen, um mich selbst zu reflektieren, zur Ruhe zu kommen und meine Gedanken niederzuschreiben.*
- *Ich möchte mich auf die Suche nach neuen Interessen und Leidenschaften begeben. Vielleicht möchte ich ein Musikinstrument lernen, malen oder eine neue Sportart ausprobieren.*
- *Ich möchte an meiner emotionalen Intelligenz arbeiten und*

meine Fähigkeiten zur Selbstreflexion stärken. Bücher über Persönlichkeitsentwicklung zu lesen und vielleicht auch an Workshops oder Seminaren teilnehmen.

- *Ich möchte meine Erfahrungen und Erkenntnisse mit anderen teilen und sie dazu ermutigen, ebenfalls an sich selbst zu arbeiten.*
- *Ich möchte mich bewusst um meine Gesundheit kümmern. Regelmäßige Bewegung in meinen Alltag zu integrieren, gesunde Ernährungsgewohnheiten zu entwickeln und genügend Zeit für Erholung und Schlaf einplanen.*
- *Ich möchte mich für meine Gemeinschaft einsetzen und anderen Menschen helfen.*
- *Ich möchte meine Komfortzone verlassen und neue Orte erkunden. Reisen unternehmen und verschiedene Kulturen kennenlernen, um meinen Horizont zu erweitern und neue Perspektiven zu gewinnen.*
- *Ich möchte enge Bindungen zu meinen Freunden und meiner Familie aufrechterhalten und pflegen. Regelmäßig Zeit mit ihnen verbringen, gemeinsame Aktivitäten unternehmen und sich gegenseitig unterstützen.*
- *Ich möchte bewusster im Hier und Jetzt leben. Achtsamkeitsübungen wie Meditation oder Yoga in meinen Alltag integrieren, um meine Präsenz und Gelassenheit zu stärken.*
- *Ich möchte mich bewusst auf die positiven Aspekte meines Lebens konzentrieren und Dankbarkeit für das Gute in meinem Leben empfinden. Täglich eine Liste von Dingen erstellen, für die ich dankbar bin, und diese bewusst wahrnehmen.*

Es waren keine großen, spektakulären Ziele, sondern vielmehr kleine Schritte, die ihm helfen sollten, seine Komfortzone zu verlassen und sich selbst besser kennenzulernen.
Als er die Liste betrachtete, fühlte er eine Mischung aus Aufregung und Unsicherheit. Es war ein Sprung ins Unbekannte, aber Kadir war fest entschlossen, sich auf diese Reise zu begeben. Er wusste, dass es nicht einfach sein würde, aber er spürte tief in sich, dass es der richtige Weg war, um seine eigene Erfüllung zu finden.

12

Kadir hatte sich in seinen Lieblingssessel gekuschelt und genoss die wohlverdiente Entspannung nach einem ereignisreichen Tag. Die Gedanken an seine Reise zu einem erfüllten Leben hatten ihn in eine angenehme Ruhe versetzt, und langsam schlossen sich seine Augen.
Kaum hatte er jedoch den Zustand des Schlafes erreicht, wurde er von einem plötzlichen Klingeln an der Tür unsanft geweckt. Verwirrt und noch etwas benommen erhob er sich aus dem Sessel und begab sich zur Eingangstür.
Als er sie öffnete, traute er seinen Augen kaum. Vor ihm stand eine Person, die er seit Jahren nicht mehr gesehen hatte – sein alter Freund Daniel. Ein Lächeln breitete sich auf Kadirs Gesicht aus, und er umarmte Daniel herzlich.
"Daniel! Was für eine Überraschung. Wo kommst du denn her?", rief Kadir freudig.
Daniel grinste und erklärte: "Ich war gerade in der Stadt und dachte mir, ich schaue mal bei dir vorbei. Es ist schon eine Weile her, dass wir uns gesehen haben."
Die beiden Männer betraten das Wohnzimmer, Kadir bereitete einen Kaffee vor und sie ließen sich auf dem Sofa nieder. Kadir konnte kaum fassen, dass ausgerechnet jetzt, inmitten seiner persönlichen Entwicklung, sein alter Freund wieder

auftauchte. "Was hast du in all den Jahren gemacht?", fragte Kadir neugierig.
Daniel nahm einen Schluck von seinem Kaffee und begann zu erzählen: "Nachdem wir uns aus den Augen verloren haben, habe ich viele verschiedene Dinge ausprobiert. Ich habe mich beruflich umorientiert und bin sogar für eine Weile ins Ausland gegangen. Es war eine aufregende Zeit, aber ich habe auch gemerkt, dass ich mich immer mehr von meinem wahren Kern entfernt habe."
Kadir lauschte gespannt und erkannte, wie sehr sich ihre beiden Geschichten ähnelten. Sie hatten beide nach einem erfüllten Leben gesucht und waren dabei auf Umwege geraten.
"Und was hat dich schließlich zurückgeführt?", fragte Kadir neugierig.
Daniel lächelte und antwortete: "Es war ein Zusammentreffen mit einem alten Freund, der mich wieder auf den richtigen Pfad gebracht hat. Er erinnerte mich daran, dass wir das Leben bewusst gestalten müssen und dass wahre Erfüllung von innen kommt."
Kadir konnte seine Begeisterung kaum verbergen. Die Parallelen zwischen seiner eigenen Entwicklung und den Erfahrungen von Daniel waren verblüffend. Es schien, als ob das Universum sie wieder zusammengeführt hatte, um ihnen eine wichtige Lektion zu vermitteln.
Die beiden Männer verbrachten den restlichen Abend damit, ihre Geschichten und Erkenntnisse auszutauschen. Sie ermutigten sich gegenseitig, ihren eigenen Weg zu gehen und sich von äußeren Erwartungen zu lösen.
Als Daniel am Abend wieder aufbrechen musste, versprachen

sie sich, in Kontakt zu bleiben und sich regelmäßig auszutauschen. Kadir war dankbar für diese unerwartete Begegnung und spürte, wie viel Kraft und Unterstützung er dadurch gewonnen hatte.
Mit einem Lächeln auf den Lippen schloss Kadir die Tür hinter Daniel. Er wusste, dass diese Begegnung ihn weiterhin auf seiner Reise begleiten würde. Er hatte erkannt, dass wahre Freundschaft und die Suche nach Erfüllung im Leben eng miteinander verbunden waren. Und so machte sich Kadir bereit, weiterhin mutig voranzuschreiten und die kleinen und großen Begegnungen des Lebens zu umarmen.

13

Die Uhr schlug Mitternacht, als Kadir auf dem Balkon saß und seine Gedanken in die Dunkelheit schweifen ließ. Er spürte die Kühle der Nachtluft auf seiner Haut und hörte das ferne Rauschen der Blätter im Wind. Die Sterne funkelten am Himmel und erzeugten eine Atmosphäre der Magie und des Geheimnisvollen.

Mit einer Zigarette zwischen den Fingern inhalierte Kadir den Rauch tief ein und ließ ihn langsam durch seine Lippen entweichen. Der Geschmack der Zigarette vermischte sich mit den Gedanken, die durch seinen Geist wirbelten. Die letzten Tage hatten seine Welt auf den Kopf gestellt und ihn dazu gebracht, sein Leben aus einer neuen Perspektive zu betrachten.

Die Begegnungen mit Michael, Sonja und Daniel hatten Kadir zum Nachdenken gebracht. Sie hatten ihm gezeigt, dass das Streben nach äußerem Erfolg allein nicht ausreichte, um wahre Erfüllung zu finden. Es waren die zwischenmenschlichen Verbindungen und die Momente der Authentizität, die seine Seele erfüllten.

In dieser stillen Nacht spürte Kadir, wie sein Herzschlag zu einem ruhigen Rhythmus fand. Er begann, über sein bisheriges Leben nachzudenken, über die Höhen und Tiefen, über die

Entscheidungen, die er getroffen hatte. Doch je tiefer er in sich hineinhorchte, desto klarer wurde ihm bewusst, dass das Streben nach persönlichem Glück und Erfolg nicht das einzige Ziel sein konnte.

Eine warme Brise strich durch Kadirs Haare, als er sich an die Momente erinnerte, in denen er anderen Menschen geholfen hatte. Die Augenblicke, in denen er jemandem ein Lächeln aufs Gesicht zauberte oder ihm in schwierigen Zeiten beistand, hatten ihm ein Gefühl der Erfüllung gegeben, das er nicht durch materiellen Reichtum erreichen konnte.

Der Gedanke, dass sein eigenes Glück untrennbar mit dem Glück anderer verbunden war, durchzog Kadirs gesamten Körper. Er spürte eine Welle der Entschlossenheit in sich aufsteigen. Es war an der Zeit, sein Leben nicht nur für sich selbst zu leben, sondern auch für das Wohl der Menschen um ihn herum.

Kadir drückte die Zigarette im Aschenbecher aus und stand auf. Sein Herz war erfüllt von einer neuen Leidenschaft – der Leidenschaft, anderen beizustehen und ihnen auf ihrem eigenen Weg zu helfen. Mit jedem Atemzug fühlte er, wie das Universum ihn unterstützte und ihm die richtigen Menschen und Situationen schicken würde, um seine Bestimmung zu erfüllen.

Mit einem entschlossenen Schritt kehrte Kadir ins Schlafzimmer. Er legte sich ins Bett, seine Gedanken waren ruhig und klar. Er wusste, dass sein Weg von Bedeutung war und dass er auf diesem Weg nicht allein sein würde. Eine tiefe Gewissheit erfüllte sein Inneres, während er sich dem Schlaf hingab.

In seinen Träumen begleiteten ihn Bilder von Begegnungen, von Menschen, die er berührte und die ihn berührten. Er war bereit, die Abenteuer anzunehmen, die das Leben für ihn bereithielt, denn er wusste, dass er auf dem Weg der wahren Erfüllung und bedingungslosen Liebe wandelte. Und so schlief er ein, im Einklang mit sich selbst und offen für all die unvorhersehbaren Wunder, die das Leben für ihn bereithielt.

14

Der Sonntagmorgen brach an, und Kadir erwachte mit einer ungewöhnlichen Leichtigkeit in seinem Herzen. Die Ereignisse der letzten Tage hatten ihn nachdenklich gemacht und seine Sehnsucht nach Veränderung und Erfüllung verstärkt. Ein impulsiver Gedanke durchzuckte seinen Geist: Warum nicht einfach spontan etwas Neues erleben?
Kadir stand auf, öffnete die Vorhänge und ließ das warme Sonnenlicht in sein Zimmer strömen. Er fühlte sich von einer unbändigen Energie durchdrungen und wusste, dass er diesem Ruf folgen musste. Eine Idee formte sich in seinem Kopf - er würde nach Straßburg fahren, die charmante Stadt in Frankreich, die er schon immer mal besuchen wollte.
Ohne lange zu zögern, machte sich Kadir bereit. Er packte eine kleine Tasche mit ein paar Flaschen Wasser, Snacks und den nötigsten Dingen. Als er in sein Auto stieg, spürte er die Aufregung und das Gefühl der Freiheit, das ihn erfüllte. Die Straßen lagen wie ein unbeschriebenes Abenteuer vor ihm, und er war bereit, jeden Moment davon zu genießen.
Die Fahrt nach Straßburg war angenehm und voller Vorfreude. Kadir genoss die Landschaft, während er mit offenen Fenstern und Musik auf den Lippen fuhr. Die frische Brise strich ihm durchs Haar, und er fühlte sich lebendiger

denn je.

Als er *Straßburg* erreichte, parkte Kadir sein Auto in einer malerischen Seitenstraße. Er atmete tief ein und nahm die Atmosphäre der Stadt in sich auf. Die alten Gebäude, die Kopfsteinpflasterstraßen und der Klang der fröhlichen Stimmen der Menschen um ihn herum erfüllten ihn mit einem Gefühl von Abenteuerlust.

Kadir schlenderte durch die engen Gassen und ließ die vielfältigen Eindrücke auf sich wirken. Die bunten Blumenstände auf dem Markt, der Duft von frisch gebackenem Brot aus den Bäckereien und das Lachen der Straßenkünstler füllten seine Sinne.

Er ließ sich in einem gemütlichen Café nieder und genoss eine Tasse duftenden Kaffee. Während er die Menschen beobachtete, konnte er eine gewisse Leichtigkeit in ihrer Art zu leben und zu genießen spüren. Es war, als ob die Stadt selbst ihm zeigte, dass es wichtig war, das Hier und Jetzt zu schätzen und das Leben in vollen Zügen zu leben.

Während Kadir das Ambiente des Cafés genoss und die Menschen um ihn herum beobachtete, fiel sein Blick auf eine ältere Dame, die alleine an einem Tisch saß. Etwas an ihrem ruhigen und gelassenen Auftreten zog ihn an, und er beschloss, auf sie zuzugehen und mit ihr ins Gespräch zu kommen.

Die Dame lächelte freundlich, als Kadir sich zu ihr setzte, und bald kamen sie ins Plaudern. Sie erzählten von ihren Leben, ihren Erfahrungen und den Höhen und Tiefen, die sie durchlebt hatten. Kadir fühlte sich von ihrer Weisheit und Lebenserfahrung angezogen und spürte, dass sie ihm etwas Wichtiges zu sagen hatte.

Kadir fing an. "Es ist erstaunlich, wie oft wir uns von unserem Verstand leiten lassen und dabei unser Bauchgefühl ignorieren. Warum fällt es uns so schwer, auf unsere innere Stimme zu hören?"
Die Dame sagte: "Oh, mein Lieber, das ist aber eine gute Frage... Der Verstand bringt uns oft rationale Argumente und vermeintliche Sicherheit, während das Bauchgefühl uns auf unsere tiefe Intuition und unsere wahren Wünsche hinweist. Doch denke daran, dass das Leben manchmal gerade in den ungewissen Momenten seine größten Geschenke bereithält."
Kadir fragte neugierig: "Aber wie finde ich heraus, ob es das Bauchgefühl ist, das zu mir spricht, oder ob es nur Ängste und Zweifel sind, die mich davon abhalten, neue Wege zu gehen?"
Die Dame nickte. "Eine kluge Frage. Manchmal müssen wir uns erlauben, den Zweifeln und Ängsten Raum zu geben, um zu erkennen, dass sie uns nicht davon abhalten sollten, unseren Träumen und Leidenschaften zu folgen. Die wahre Stimme des Bauchgefühls spricht leise, aber beständig und gibt uns ein Gefühl von innerer Ruhe und Stimmigkeit. Wenn du tief in dich hineinhorchst, wirst du den Unterschied spüren."
Kadir fragte ruhig: "Aber was ist, wenn ich falsche Entscheidungen treffe? Was, wenn ich scheitere?"
Als das Thema auf Entscheidungen im Leben kam, begann die Dame, ihre Sichtweise zu teilen. Sie erklärte, dass es oft Momente gebe, in denen der Verstand und das Bauchgefühl miteinander ringen. Manchmal neige man dazu, auf den Verstand zu hören und die vermeintlich sichere Wahl zu treffen, obwohl das Bauchgefühl einem etwas anderes sagt. Doch sie betonte auch, dass das Leben aus Fehlern und

falschen Entscheidungen bestehe und dass wir uns selbst mehr vertrauen dürfen.
Die Dame sagte: "Ach, das Scheitern ist eine unvermeidliche Begleiterin auf unserem Weg. Doch erinnere dich daran, dass wir aus jedem Scheitern lernen und gestärkt daraus hervorgehen können. Stell dir das Leben wie ein Gemälde vor: Jeder Strich, jede Farbe, auch die vermeintlich falschen, tragen zur Schönheit des Gesamtbildes bei. Lasse dich nicht von der Angst vor dem Scheitern zurückhalten, sondern betrachte es als einen Teil des Prozesses, der dich zu deiner wahren Erfüllung führen wird."
Kadir bedankte sich. "Das klingt so befreiend und gleichzeitig beängstigend. Aber ich spüre, dass ich bereit bin, diesen Weg zu gehen, auch wenn er ungewiss ist. Danke, dass Sie mir diese Perspektive gezeigt haben."
Die Dame sagte: "Es war mir eine Freude. Denke daran, dass das Leben ein Abenteuer ist, und du bist der Hauptakteur in deiner eigenen Geschichte. Vertraue auf dein Bauchgefühl und sei bereit, dich von den unerwarteten Wendungen überraschen zu lassen. Ich wünsche dir von Herzen alles Gute auf deinem Weg."
Nachdem sie sich verabschiedet hatten, setzte sich Kadir an einen ruhigen Platz im Café und ließ die Worte der Dame auf sich wirken. Er fühlte eine innere Gewissheit, dass dieser spontane Ausflug nach Straßburg nicht nur ein Zufall war, sondern ein Zeichen dafür, dass er den Mut hatte, neue Wege zu gehen und sich auf sein Bauchgefühl zu verlassen.
Mit einem neuen Gefühl der Entschlossenheit und Vertrauen in sich selbst verließ Kadir das Café und setzte seine

Erkundungstour durch die Straßen von Straßburg fort. Er wusste, dass diese Begegnung mit der weisen Dame sein Leben verändert hatte und dass er nun bereit war, den ungewissen, aber aufregenden Weg zu beschreiten, der für ihn bestimmt war. Während Kadir weiter durch die Straßen von Straßburg schlenderte, erlebte er eine weitere besondere Begegnung. Er sah eine ältere Frau, die in einem kleinen Park auf einer Bank saß und in ihr Skizzenbuch zeichnete. Ihre künstlerische Ausdrucksweise zog Kadir magisch an, und er beschloss, näherzutreten.

Kadir fragte neugierig: "Entschuldigen Sie bitte, darf ich mir Ihre wunderschönen Zeichnungen anschauen?"

Die Frau lächelte. "Oh, natürlich! Es freut mich, dass sie Ihnen gefallen. Mein Name ist Marie. Wie kann ich Ihnen helfen?"

Kadir betrachtete die detaillierten Skizzen, die die Schönheit der Straßburger Architektur und der umliegenden Natur einfingen. Er spürte die Leidenschaft und Hingabe, die in jedem Strich steckte.

Kadir sagte: "Ihre Kunst ist wirklich beeindruckend, Marie. Sie haben das Talent, die Essenz der Umgebung einzufangen und sie zum Leben zu erwecken. Was inspiriert Sie zu solchen Meisterwerken?"

Marie lächelte und sah Kadir in die Augen. "Die Schönheit ist überall um uns herum. Es braucht nur den richtigen Blick, um sie zu entdecken. Ich lasse mich von den Menschen, der Natur und den Geschichten, die sich in den Straßen verbergen, inspirieren. Jedes Detail erzählt eine Geschichte, und ich versuche, diese Geschichten auf meine eigene Art und Weise zu interpretieren."

Kadir spürte, wie sich seine Wahrnehmung der Welt um ihn herum erweiterte. Die Kombination aus den Gesprächen mit der weisen Dame im Café und nun mit Marie öffnete seine Augen für die Schönheit und den Zauber des Alltäglichen.
Der Tag neigte sich dem Ende zu, und Kadir beschloss, sich langsam auf den Heimweg nach *Esslingen* zu begeben. Während er in seinem Auto saß und die Straßen von Straßburg hinter sich ließ, reflektierte er über die Begegnungen, die er an diesem Tag gemacht hatte.
Er erkannte, dass die wahre Erfüllung nicht in großen Projekten, endlosen Meetings oder materiellem Besitz zu finden war. Sie lag in den kleinen Momenten des Glücks, in den Gesprächen mit inspirierenden Menschen und in der Fähigkeit, das Leben mit offenen Augen und einem offenen Herzen zu betrachten.
Auf dem Weg nach Hause, begleitet von den Erinnerungen an Straßburg, fühlte Kadir eine tiefe Dankbarkeit. Er wusste, dass er einen bedeutenden Schritt gemacht hatte, um sein Leben bewusster und erfüllter zu gestalten. Die Straßen von *Esslingen* empfingen ihn mit einer vertrauten Ruhe, und Kadir fühlte sich endlich angekommen - angekommen bei sich *selbst*.

15

Kadir betrat sein ruhiges Zuhause und schloss die Tür hinter sich. Die Dunkelheit draußen spiegelte seine innere Ruhe wider, und er fühlte sich geborgen in den vertrauten vier Wänden seines Heims. Er begab sich in die Küche und öffnete den Weinschrank, um sich ein Glas Morio Muskat einzuschenken.
Mit dem Glas in der Hand ging er zum Esstisch und ließ sich auf einem gemütlichen Stuhl nieder. Er nahm das Buch "Der Alchemist" von Paulo Coelho, das auf dem Tisch lag, in die Hand. Es war ein Buch, das ihn schon seit einiger Zeit begleitete und ihn mit seiner tiefgründigen Botschaft berührte.
Kadir öffnete das Buch auf der Seite, auf der er aufgehört hatte zu lesen, und begann, in die Welt des Alchemisten einzutauchen. Die Worte fesselten ihn, während er von den Abenteuern des Protagonisten und den Weisheiten, die er auf seinem Weg erlangte, erfuhr.
Er las langsam und konzentriert, genoss jeden Satz und ließ die Worte auf sich wirken. Der Duft des Weißweins stieg ihm in die Nase, als er einen kleinen Schluck davon nahm. Der Geschmack des edlen Tropfens vermischte sich mit den Gedanken, die in seinem Geist entstanden.
Kadir erkannte die Parallelen zwischen der Reise des

Alchemisten und seiner eigenen Suche nach Erfüllung und Sinn. Das Buch lud ihn ein, über die Bedeutung des Lebens nachzudenken, über Träume, Bestimmung und den Mut, dem Herzen zu folgen.

Während er weiter las, vergaß Kadir für einen Moment die Zeit. Die Zeilen führten ihn in eine Welt voller Magie, Inspiration und Selbstreflexion. Jeder Satz schien wie ein Puzzlestück, das dazu beitrug, das Bild seines eigenen Lebens klarer zu sehen.

Der Weißwein im Glas wurde allmählich weniger, aber Kadir trank nicht hastig. Er genoss jeden Schluck und jeden Moment der Stille, den das Lesen ihm schenkte. Es war ein kostbarer Augenblick der Ruhe und des Innehaltens, fernab der Hektik des Alltags.

Als Kadir schließlich das Buch beiseite legte, spürte er eine innere Zufriedenheit. Er hatte zwar noch nicht alle Antworten auf seine Fragen gefunden, aber er hatte einen Schritt weiter auf seinem persönlichen Weg gemacht. Die Erkenntnisse aus dem Buch und die Ruhe des Abends gaben ihm Zuversicht und Mut, seine Träume zu verfolgen und sich selbst treu zu bleiben.

Kadir stand mit einem sanften Lächeln auf den Lippen auf und trug sein leeres Weinglas in die Küche. Er war sich bewusst, dass ihm noch zahlreiche Geschichten bevorstanden, und er war bereit, die kommenden Abenteuer mit offenen Armen zu empfangen.

16

Kadir wachte am nächsten Morgen mit einem Gefühl der Vorfreude auf. Er spürte den Wunsch, dem Tag mit Offenheit und Neugierde zu begegnen. Nachdem er sich schick angezogen hatte, entschied er sich, in die Stadt zu fahren und das pulsierende Leben zu genießen.

Als Kadir durch die belebten Straßen schlenderte, fiel sein Blick plötzlich auf Michael, der an einer Straßenecke stand und mit Passanten in ein Gespräch vertieft war. Ein Lächeln breitete sich auf Kadirs Gesicht aus, als er den vertrauten Obdachlosen sah. Er ging zielstrebig auf ihn zu.

"Michael! Es ist schön, dich wiederzusehen", rief Kadir fröhlich und klopfte ihm auf die Schulter. "Wie geht es dir heute?"

Michael drehte sich um und erwiderte Kadirs Lächeln. "Kadir, mein Freund! Es freut mich auch, dich zu sehen. Mir geht es gut, danke. Ich habe schon so viele interessante Menschen getroffen und Geschichten gehört."

Kadir nickte und zeigte auf ein nahegelegenes Café. "Komm, lass uns etwas trinken und ein wenig plaudern. Ich möchte gerne mehr über dich erfahren."

Gemeinsam betraten sie das Café und suchten sich einen gemütlichen Platz. Kadir bestellte zwei Tassen Kaffee und lehnte sich entspannt zurück. Er spürte, dass Michael an diesem Tag bereit war, ein Stück von sich preiszugeben, und er wollte ihm die Möglichkeit dazu geben.

Während sie ihre Kaffees tranken, begann Michael, seine Geschichte zu erzählen. Er sprach über seine Vergangenheit, über die Höhen und Tiefen seines Lebens. Er erzählte von den Herausforderungen, mit denen er konfrontiert war, und wie er es schaffte, jeden Tag sein Lächeln auf den Lippen zu behalten.

Kadir lauschte aufmerksam und mitfühlend. Er erkannte, dass Michael mehr war als nur ein Obdachloser auf der Straße. Hinter der Fassade der Armut und des Verlustes verbarg sich eine Seele voller Stärke, Weisheit und Widerstandsfähigkeit.

Kadir lächelte. "Michael, ich muss sagen, du hast mich neugierig gemacht. Du scheinst so viele interessante Geschichten zu haben. Erzähl mir doch mehr über dich. Wie bist du in diese Situation gekommen?"

Michael seufzte und lehnte sich etwas zurück. "Es ist eine lange Geschichte, Kadir. Früher hatte ich ein ganz normales Leben mit Job und Familie. Doch dann kam eine schwierige Zeit, und ich habe viel verloren. Meine Ehe zerbrach, ich verlor meinen Job und irgendwie habe ich auch den *Halt* verloren."

Kadir nickte verständnisvoll. "Manchmal bringen uns die Umstände in Situationen, die wir uns nie hätten vorstellen können. Aber ich bewundere deine positive Einstellung trotz allem. Wie schaffst du es, jeden Tag mit einem Lächeln auf den Lippen zu verbringen?"

Michael lächelte und lehnte sich wieder nach vorne. "Es war ein langer Weg, Kadir. Ich musste lernen, die kleinen Freuden des Lebens zu schätzen und jeden Tag als Geschenk zu betrachten. Manchmal muss man die Dinge akzeptieren, wie

sie sind, und das Beste daraus machen. Es ist nicht immer einfach, aber ich habe gelernt, dass wahres Glück von innen kommt."
Kadir nickte verständnisvoll. "Das klingt nach einer wertvollen Lektion, Michael. Du hast recht, wir können nicht immer die äußeren Umstände kontrollieren, aber wir können unsere innere Einstellung wählen. Hast du noch weitere Weisheiten, die du teilen möchtest?"
Michael lächelte nachdenklich und hob seine Tasse. "Manchmal müssen wir uns erlauben, den sicheren Hafen zu und unsere Komfortzone zu verlasssen. Nur so können wir wachsen und neue Möglichkeiten entdecken. Das Leben ist wie ein Abenteuer, und wir sollten mutig genug sein, uns ihm hinzugeben."
Kadir nickte nachdenklich und nahm einen Schluck von seinem Kaffee. "Danke, Michael. Du hast heute viele inspirierende Worte mit mir geteilt. Es war eine Ehre, dich kennenzulernen und von deiner Weisheit zu profitieren. Ich bin dankbar für diese Begegnung."
Michael lächelte. "Die Ehre ist ganz meinerseits, Kadir. Ich bin froh, dass ich dir etwas mitgeben konnte. Denk immer daran, dass du der Gestalter deines Lebens bist. Folge deinem Herzen und vertraue auf deine *Intuition*."
Kadir fragte neugierig. "Michael, du hast so viel erlebt und gesehen. Gibt es etwas, worüber du mir noch erzählen möchtest? Vielleicht etwas über die gesellschaftlichen Erwartungen, denen wir uns oft unterordnen?"
Michael lächelte."Absolut, Kadir. Das ist ein Thema, das mir sehr am Herzen liegt. In unserer Gesellschaft werden wir oft

dazu gedrängt, ein bestimmtes Leben zu führen, das von anderen als 'normal' angesehen wird. Wir sollen ein Haus kaufen, heiraten, Kinder bekommen und eine erfolgreiche Karriere haben. Aber ist das wirklich das, was uns erfüllt?"

Kadir nickte verständnisvoll. "Das ist eine gute Frage, Michael. Oft fühlen wir uns von der Gesellschaft unter Druck gesetzt, diesen Erwartungen zu entsprechen, selbst wenn es uns nicht wirklich glücklich macht. Hast du persönliche Erfahrungen mit diesem Thema?"

Michael offenbarte lächelnd. "Oh ja, Kadir. Ich habe viele Jahre meines Lebens damit verbracht, den Erwartungen anderer gerecht zu werden. Ich habe ein Haus gekauft, geheiratet und sogar versucht, den 'perfekten' Job zu haben. Aber tief in mir wusste ich, dass es nicht das Richtige für mich war."

Kadir nickte. "Das muss eine schwierige Situation gewesen sein. Wie hast du es geschafft, dich von diesen gesellschaftlichen Erwartungen zu befreien?"

Michael lächelte. "Es war ein langer Prozess der Selbsterkenntnis, Kadir. Ich musste mir eingestehen, dass ich mich nicht von Äußerlichkeiten definieren lassen wollte. Ich wollte mein eigenes Leben gestalten, meine eigenen Träume verfolgen und meinen eigenen Weg gehen. Es erforderte Mut, mich von den Erwartungen anderer zu lösen und auf mein Inneres zu hören."

Kadir nickte verständnisvoll. "Das klingt nach einer tiefgreifenden Veränderung, Michael. Wie hast du dich damals gefühlt, nachdem du diesen Schritt gegangen bist?

Michael lächelt sanft. "Es war die beste Entscheidung meines Lebens, Kadir. Ich fühlte mich frei und authentisch. Ich

habe gelernt, dass wahre Erfüllung darin liegt, das zu tun, was mich innerlich erfüllt, anstatt mich an gesellschaftliche Normen zu klammern. Jeder von uns hat das Recht, sein eigenes Leben zu gestalten und glücklich zu sein, unabhängig davon, was die Gesellschaft von uns erwartet."
Kadir bedankte sich lächelnd. "Danke, Michael. Du hast mir heute wieder einmal gezeigt, wie wichtig es ist, unserem eigenen Herzen zu folgen und uns nicht von gesellschaftlichen Erwartungen einschränken zu lassen. Es ist inspirierend, deine Erfahrungen zu hören."
Michael lächelte. "Es war mir eine Freude, dir davon zu erzählen, Kadir. Wenn ich mit meinen Erfahrungen anderen Menschen helfen kann, sich von gesellschaftlichen Zwängen zu befreien und ein erfülltes Leben zu führen, dann hat es sich gelohnt. Wir haben alle das Potenzial, unsere eigenen Entscheidungen zu treffen und unser eigenes Glück zu finden."
Kadir lächelte. "Michael, du hast mir schon so viele inspirierende Geschichten erzählt. Würdest du mir auch davon erzählen, wie du obdachlos geworden bist? Es mag schwierig sein, darüber zu sprechen, aber ich denke, es könnte für uns beide eine wertvolle Lektion sein."
Michael seufzt. "Ja, Kadir, ich bin bereit, dir meine Geschichte zu erzählen. Es war vor vielen Jahren, als mein Leben in eine tiefe Krise geriet. Ich hatte meinen Job verloren, war in finanzielle Schwierigkeiten geraten und meine Beziehung zerbrach. Die Last der Verantwortung und das Gefühl des Scheiterns waren erdrückend."
Kadir fragte neugierig. "Das muss eine sehr schwere Zeit für

dich sein, Michael. Wie gehst du mit dieser Herausforderung um?"
Michael lächelt "Anfangs versuchte ich, meinen Stolz zu wahren und alleine klarzukommen. Doch es wurde immer schwieriger, eine Unterkunft zu finden und genug Geld für Essen aufzutreiben. Schließlich hatte ich keine andere Wahl, als auf der Straße zu leben."
Kadir fragt sanft. "Das klingt wirklich hart. Wie schaffst du es, in solch einer schwierigen Situation durchzuhalten?"
Michael denkt nach. "Es ist eine Mischung aus Überlebensinstinkt und dem Glauben, dass es immer einen Weg gibt. Ich treffe andere Obdachlose, mit denen ich mich austausche. Wir teilen unsere Erfahrungen und helfen uns, Nahrungsmittel und Schlafplätze zu finden."

17

Kadir nimmt ein Blatt Papier und einen Stift zur Hand "Michael, ich möchte dir etwas anvertrauen. Ich habe ein Haus, das ich zurzeit nicht vermiete. Es steht leer und ich denke, es könnte dir vorübergehend eine Unterkunft bieten, bis du wieder selbstständig auf den Beinen stehst."
Michael reagierte überrascht "Kadir, das ist zu viel. Ich kann nicht einfach in deinem Haus wohnen. Das kann ich doch unmöglich annehmen."
Kadir lächele. "Michael, hör mir zu. Ich habe diese Entscheidung bewusst getroffen. Du hast in meinem Leben so viel Positives bewirkt, und ich möchte dir etwas zurückgeben. Es ist nur vorübergehend, solange du es brauchst. Es ist ein Schritt, um dir wieder Stabilität zu ermöglichen."
Michael fasst sich an die Brust. "Ich bin überwältigt, Kadir. Das ist mehr, als ich jemals erwartet hätte. Ich weiß gar nicht, wie ich dir dafür danken soll."
Kadir reicht Michael das Blatt Papier und einen Schlüssel. "Hier ist die Adresse des Hauses und der Schlüssel. Es ist mir eine Freude, dir zu helfen. Ich weiß, dass du das Beste daraus machen wirst."
Michael nimmt das Blatt Papier und den Schlüssel, mit Tränen in den Augen. "Ich werde dein Vertrauen nicht missbrauchen,

Kadir. Ich werde diese Chance nutzen, um mein Leben wieder in den Griff zu bekommen. Danke, danke von ganzem Herzen."
Kadir lächelte. "Es ist mir eine Ehre, Michael. Du hast bereits so viel durchgemacht und bist trotz allem ein starker Mensch. Ich glaube an dich und stehe hinter dir. Wenn du irgendwelche Fragen oder Probleme hast, zögere nicht, mich anzurufen, das ist meine Nummer." Kadir schreibt zusätzlich noch seine Handynummer auf das Blatt. "Du bist nicht allein."
Michael bedankte sich mit einem festen Händedruck. "Ich werde dich nicht enttäuschen, Kadir. Ich werde mein Bestes geben und diese Gelegenheit nutzen, um mein Leben wieder aufzubauen. Vielen Dank für deine Großzügigkeit und dein Vertrauen."
Kadir lächelte. "Du bist willkommen, Michael. Ich wünsche dir von ganzem Herzen alles Gute auf diesem neuen Abschnitt deines Weges. Lass uns in Kontakt bleiben und ich hoffe, dass wir bald gute Nachrichten voneinander hören werden."
Die beiden Männer verabschieden sich und Michael macht sich mit einem Gefühl der Dankbarkeit und Hoffnung auf den Weg zu seinem neuen Zuhause. Kadir bleibt zurück und hofft, dass er mit dieser Geste einen kleinen Beitrag zur positiven Veränderung in Michaels Leben geleistet hat.
Kadir verlässt das Café mit einem Lächeln auf den Lippen, erfüllt von einem Gefühl der Zufriedenheit und des Mitgefühls. Er beschließt, die positive Energie in etwas Produktives umzusetzen und einige Kleinigkeiten im nahegelegenen Einkaufszentrum zu besorgen.
Im Einkaufszentrum schlendert Kadir durch die verschiedenen

Geschäfte, wobei er bewusst nach Dingen sucht, die sowohl nützlich als auch von guter Qualität sind. Er kauft ein paar neue Hemden, die seine Garderobe ergänzen, sowie ein paar Bücher, die seine Neugier wecken.

Während er durch die Gänge geht, beobachtet Kadir auch die Menschen um ihn herum. Er sieht Kinder, die vor Freude strahlen, wenn sie Spielzeug bekommen, und Paare, die Händchen haltend durch die Geschäfte bummeln. Es erinnert ihn daran, wie wichtig es ist, die kleinen Freuden des Lebens zu schätzen.

Nachdem Kadir seine Einkäufe erledigt hat, macht er sich auf den Rückweg zu seinem Auto. Er spürt eine leichte Ermüdung, aber auch ein Gefühl der Erfüllung, da er heute nicht nur sich selbst, sondern auch anderen etwas Gutes getan hat.

Mit den Einkaufstüten in der Hand steigt Kadir in sein Auto und fährt zurück nach Hause. Während der Fahrt reflektiert er über den Tag und die Begegnungen, die er hatte. Er erinnert sich an die inspirierenden Gespräche mit Michael und die großzügige Geste, ihm sein Haus anzubieten. Diese Erfahrungen haben ihn daran erinnert, dass wahre Erfüllung nicht nur in materiellen Besitztümern liegt, sondern in zwischenmenschlichen Verbindungen und der Fähigkeit, anderen zu helfen.

Angekommen zu Hause, legt Kadir die Einkäufe beiseite und lässt sich erschöpft, aber glücklich, auf sein Sofa sinken. Er nimmt eines der neu gekauften Bücher zur Hand und beginnt darin zu lesen. Die Worte fesseln ihn und lassen ihn in eine andere Welt eintauchen, während er sich von den Erlebnissen des Tages erholen kann. Kadir spürt, wie sich langsam eine innere Ruhe in ihm ausbreitet. Er ist dankbar für die Erfahrungen und Erkenntnisse, die er heute gemacht hat, und freut sich auf die kommenden Tage, die ihm weitere Möglichkeiten bieten, das Leben in vollen Zügen zu genießen und anderen Menschen Gutes zu tun.

Kadir vertieft sich immer mehr in das Buch, das er gerade gekauft hat. Es handelt sich um einen bekannten Roman über Liebe und Beziehungen. Während er die Seiten umblättert, fällt ihm eine versteckte Botschaft auf, die in einem Kapitel verborgen zu sein scheint.

Die Worte des Autors dringen tief in Kadir ein, und er erkennt, dass es darin um die Essenz einer gesunden Beziehung geht. Es geht darum, dass eine echte Verbindung nicht auf Besitz oder Kontrolle beruht, sondern auf Freiheit, Vertrauen und dem Respekt für die Individualität des anderen.

In dem Kapitel werden verschiedene Aspekte einer gesunden Beziehung beleuchtet: Kommunikation, Empathie, gegenseitige Unterstützung und das Wachsen in einer Beziehung. Es wird betont, dass eine starke Partnerschaft auf einer soliden Basis von Freundschaft und Akzeptanz beruht.

Kadir liest die Worte immer wieder, als ob er ihre Bedeutung in sich aufsaugen möchte. Er bemerkt, dass dies eine wertvolle Erkenntnis ist, die er auf sein eigenes Leben übertragen kann. Er denkt an die vergangenen Beziehungen, in denen er vielleicht zu sehr versucht hat, den anderen zu ändern oder Kontrolle auszuüben, anstatt ihn so zu akzeptieren, wie er ist.

Die versteckte Botschaft erinnert Kadir daran, dass es in einer gesunden Beziehung darum geht, sich gegenseitig zu unterstützen und Raum für persönliches Wachstum zu lassen. Es geht darum, eine gemeinsame Basis des Verständnisses und des Respekts zu schaffen, in der beide Partner ihr volles Potenzial entfalten können.

Er legt das Buch schließlich beiseite und lässt die Worte auf sich wirken. Er erkennt, dass er in der Vergangenheit möglicherweise zu sehr auf gesellschaftliche Erwartungen und Vorstellungen von Beziehungen eingegangen ist, anstatt auf sein eigenes Bauchgefühl zu hören.

Mit einem neuen Bewusstsein und einer offenen Haltung geht Kadir in die kommenden Tage. Er ist bereit, seine Vorstellungen von Beziehungen zu überdenken und nach einer tiefen Verbindung zu suchen, die auf Ehrlichkeit, Offenheit und gemeinsamen Wachstum beruht.

Kadir steht auf, um in der Küche etwas zu essen zuzubereiten. Er entscheidet sich für Spaghetti Bolognese, ein Gericht, das ihm immer ein Gefühl von Zuhause gibt. Während er die Soße köcheln lässt und die Nudeln al dente kocht, breitet sich der verlockende Duft von Gewürzen in der Küche aus.

Plötzlich klingelt es an der Tür. Kadir zögert einen Moment, bevor er sie öffnet und seine Mutter vorfindet. Sie strahlt ihn mit einem warmen Lächeln an und umarmt ihn liebevoll.

"Kadir, mein Junge, wie schön, dich zu sehen!", sagt seine Mutter herzlich. "Ich dachte, ich überrasche dich mal."

Kadir erwidert die Umarmung und bittet seine Mutter herein. Gemeinsam setzen sie sich in das gemütliche Wohnzimmer.

"Wie geht es dir, mein Sohn?", fragt seine Mutter einfühlsam. "Ich habe das Gefühl, dass du in letzter Zeit einiges durchmachst."

Kadir seufzt und nimmt einen Moment, um die richtigen Worte zu finden. "Ja, Mama, es stimmt. Ich habe in letzter Zeit viel über mein Leben nachgedacht. Ich habe das Gefühl, dass ich mich in meinem Streben nach Erfolg und Anerkennung ein Stück selbst verloren habe."
Seine Mutter nickt verständnisvoll. "Manchmal passiert das, Kadir. Das Leben kann einen in verschiedene Richtungen führen, und manchmal verlieren wir uns dabei *selbst* aus den Augen."
Kadir sagte: "Genau das ist es, Mama. Ich habe erkannt, dass einige meiner Freunde nur wegen meinem Erfolg an meiner Seite standen. Es ist schwierig, zu unterscheiden, wer mich wirklich unterstützt und wer nur wegen des äußeren Glanzes da ist."
Seine Mutter legt sanft ihre Hand auf seine. "Das ist eine wichtige Erkenntnis. Das Leben ist voller Überraschungen, gute wie schlechte. Aber du wirst auch Menschen finden, die dich bedingungslos lieben und unterstützen. Vertraue auf dein Bauchgefühl und sei offen für neue Begegnungen."
Kadir nickt nachdenklich. "Ja, ich möchte lernen, mich selbst wiederzufinden und mich von den Erwartungen anderer Menschen zu befreien. Es ist an der Zeit, mein eigenes Glück zu verfolgen und mich nicht mehr von oberflächlichen Bindungen beeinflussen zu lassen."
Seine Mutter lächelt stolz. "Ich bin sicher, dass du deinen Weg finden wirst, Kadir. Du hast eine starke Persönlichkeit und ein gutes Herz. Bleib authentisch und vertraue auf deine *Intuition*."
Kadir fühlt sich von den Worten seiner Mutter gestärkt und

ermutigt. Sie sitzen noch eine Weile zusammen, teilen ihre Gedanken und Erinnerungen, und lassen sich von der Vertrautheit ihrer Beziehung tragen.
Am Ende des Abends verabschiedet sich seine Mutter mit einem Kuss auf die Wange und wünscht ihm alles Gute auf seinem Weg der Selbstfindung.
Kadir bleibt noch einen Moment allein im Wohnzimmer zurück, bevor er sich dazu entscheidet, sein Spaghetti-Bolognese-Dinner zu genießen. Während er sich das köstliche Essen schmecken lässt, denkt er über die Worte seiner Mutter nach und spürt eine gewisse Leichtigkeit in seinem Herzen. Er ist entschlossen, die Überraschungen des Lebens anzunehmen und sich selbst treu zu bleiben.
Kadir sitzt im Wohnzimmer und genießt den letzten Bissen seines köstlichen Abendessens. Während er langsam seinen Teller beiseitestellt, kommen seine Gedanken in Bewegung. Er spürt, dass er in seinem Leben bereits viele Ziele erreicht hat und materiell gesehen nichts zu wünschen übrig hat. Dennoch bleibt da dieses Gefühl, dass noch etwas fehlt, etwas Unausgesprochenes, das ihn weiter antreibt.
Ein Hauch von Unzufriedenheit durchzieht seine Gedanken. Er fragt sich, ob es daran liegt, dass er sich zu sehr auf äußere Erfolge konzentriert hat und dabei das Innere vernachlässigt hat. Vielleicht hat er vergessen, was wirklich wichtig ist im Leben und was ihm tiefe Erfüllung schenken könnte.
Kadir lehnt sich zurück und schließt für einen Moment die Augen. Er versucht, seine Gedanken zu ordnen und diesem Gefühl auf den Grund zu gehen. Ist es die Sehnsucht nach tieferen Beziehungen und echter Verbundenheit? Oder ist es

der Wunsch nach einem sinnvollen Zweck, einer Leidenschaft, die sein Leben beflügelt?
Ein Zitat aus dem Buch "Der Alchemist" kommt ihm in den Sinn: "*Und wenn du etwas wirklich willst, dann wird das ganze Universum dafür zusammenarbeiten, damit du es erreichst.*"
Kadir erinnert sich an die versteckte Botschaft, die er zuvor in dem Roman entdeckt hatte und an die Worte über eine gesunde Beziehung.
Plötzlich wird ihm klar, dass es an der Zeit ist, seine Prioritäten neu zu ordnen und sich auf das Wesentliche zu konzentrieren.
Er möchte nicht länger nur oberflächlichen Erfolgen hinterherjagen, sondern tiefere Erfahrungen und erfüllende Beziehungen in sein Leben einladen.
Ein Funke der Entschlossenheit entfacht in ihm. Kadir beschließt, sich auf die Suche nach diesem fehlenden Puzzleteil zu begeben, das sein Leben komplettieren könnte. Er möchte die Welt mit offenen Augen betrachten und sich für neue Möglichkeiten öffnen.
Er steht auf und geht in sein Arbeitszimmer, wo er sein Notizbuch und seinen Stift zurückgelegt hatte. Kadir beginnt, seine Gedanken und Ziele, seine Wünsche und Träume, die sich jenseits des materiellen Erfolgs entfalten, von seinem letzten Aufschrieb zu ergänzen. Er spürt, wie die Leere in ihm langsam einem Gefühl der Neugier und Vorfreude weicht.
In den kommenden Tagen und Wochen wird Kadir diese neuen Erkenntnisse vertiefen und Schritte unternehmen, um sein Leben in Einklang mit seiner wahren Essenz zu bringen. Er ist bereit für die Herausforderungen, Überraschungen und das Wachstum, die vor ihm liegen.

18

Am nächsten Tag machte sich Kadir auf den Weg nach *Nürtingen*. Die Sonne strahlte vom Himmel und tauchte die malerische Stadt in warmes Licht. Nach einer kurzen Fahrt erreichte er das Ziel seiner Reise - die Buchhandlung in dem schönen *roten Haus*, das er bereits von weitem erkennen konnte.

Kadir betrat die Buchhandlung und wurde von einem angenehmen Duft von Büchern und frischer Tinte empfangen. Die Regale waren mit einer Vielzahl von Büchern gefüllt, und er spürte die Aufregung, die ihn bei jedem Besuch einer solchen Oase von Geschichten und Weisheiten erfüllte.

Eine freundliche Verkäuferin lächelte ihn an und fragte, ob sie ihm behilflich sein könne. Kadir erklärte ihr, dass er auf der Suche nach einem Buch sei, aber noch nicht genau wisse, welches es sein sollte. Er sehnte sich nach etwas Inspirierendem, etwas, das seine Gedanken weiter öffnen und ihm neue Perspektiven schenken würde.

Die Verkäuferin dachte einen Moment nach und zeigte dann auf ein Buch mit dem Titel "Das Café am Rande der Welt" von John Strelecky. Sie erklärte, dass dieses Buch eine fesselnde Geschichte über einen Mann erzähle, der an einem Scheideweg in seinem Leben stehe und auf der Suche nach Antworten sei.

Das Café, von dem die Rede sei, befinde sich an einem geheimnisvollen Ort, an dem Menschen zusammenkommen, um über die wichtigen Fragen des Lebens nachzudenken.
Sie erzählte weiter, dass das Buch dem Leser die Möglichkeit gebe, sich selbst zu reflektieren und sich bewusst zu werden, welche Werte und Ziele ihm wirklich wichtig sind. Es sei eine Reise der Selbsterkenntnis und könne helfen, eine neue Perspektive auf das eigene Leben zu gewinnen.
Kadir spürte sofort eine Verbindung zu der Beschreibung und entschied sich, das Buch zu kaufen. Es schien genau das zu sein, wonach er gesucht hatte - eine Geschichte, die ihn dazu anregte, über sein eigenes Leben und seine Prioritäten nachzudenken.
Er bedankte sich bei der Verkäuferin für ihre Empfehlung und verließ die Buchhandlung mit dem neu erworbenen Schatz in der Hand. Kadir freute sich darauf, das Café am Rand der Welt zu entdecken und in die Geschichte einzutauchen, die ihm vielleicht neue Erkenntnisse und Inspiration bringen würde.
Mit einem leichten Herzen machte er sich auf den Heimweg nach *Esslingen*, gespannt darauf, was das Buch für ihn bereithalten würde. Die Sonne begleitete ihn auf dem Weg, und er konnte das Gefühl der Vorfreude nicht abschütteln. Das Café am Rand der Welt wartete auf ihn, bereit, seine Türen zu öffnen und ihm neue Wege zu zeigen.
Nachdem Kadir zwei Stunden lang in das Buch "Das Café am Rande der Welt" vertieft war, legte er es schließlich beiseite und ließ die Worte und Erkenntnisse auf sich wirken. Das Buch hatte eine tiefe Resonanz in ihm ausgelöst und ihm neue

Perspektiven eröffnet.
Er erkannte, dass das Leben voller Überraschungen war, und dass es oft die kleinen Momente und Begegnungen waren, die den größten Einfluss auf unsere Lebensreise hatten. Das Café im Buch war ein Symbol für einen Ort der Reflektion und des Innehaltens, an dem man sich bewusst mit den Fragen des Lebens auseinandersetzen konnte.
Kadir wurde sich bewusst, dass er in den letzten Jahren so sehr damit beschäftigt gewesen war, äußeren Erfolgen nachzujagen, dass er sich selbst und seine eigenen Bedürfnisse vernachlässigt hatte. Er erkannte, dass es an der Zeit war, innezuhalten, sich selbst zu hinterfragen und herauszufinden, was ihm wirklich wichtig war.
Eine der wichtigsten Erkenntnisse, die er aus dem Buch zog, war die Bedeutung von authentischen Beziehungen. Er erkannte, dass es nicht darauf ankam, wie viele Freunde er hatte oder wie erfolgreich er war, sondern vielmehr darauf, mit wem er seine Zeit verbrachte und wie tief und ehrlich diese Verbindungen waren. Es ging darum, sich gegenseitig zu unterstützen und wahrhaftig zu sein, anstatt oberflächlichen Erwartungen zu entsprechen.
Kadir beschloss, sich selbst treu zu bleiben und seine eigenen Werte und Ziele zu verfolgen, auch wenn sie von der gesellschaftlichen Norm abwichen. Er erkannte, dass es wichtig war, auf sein Bauchgefühl zu hören und Entscheidungen zu treffen, die im Einklang mit seinem Inneren standen, anstatt sich von den Erwartungen anderer leiten zu lassen.
Mit diesen Erkenntnissen im Herzen fühlte sich Kadir gestärkt und erfüllt. Er wusste, dass es eine Reise war, sich selbst

wiederzufinden und seine Prioritäten neu auszurichten, aber er war bereit, den Weg zu gehen. Er war bereit, das Leben mit offenen Augen und einem offenen Herzen zu leben und sich von den Überraschungen und Abenteuern, die auf ihn warteten, leiten zu lassen.

Kadir nahm das Buch zur Hand und betrachtete das Cover. Es erinnerte ihn daran, dass das Leben eine Reise voller Möglichkeiten war, und dass es nie zu spät war, neue Wege einzuschlagen und sich selbst zu entdecken. Mit einem Lächeln auf den Lippen und einer inneren Gewissheit machte er sich bereit, die nächste Etappe seiner eigenen Reise anzutreten.

19

Kadir saß still in seinem Zimmer und ließ die Worte von Michael in seinem Kopf widerhallen: "Wer bin ich wirklich?" Die Frage drang tief in sein Inneres und löste eine Welle der Selbstreflexion aus.

Er dachte über die verschiedenen Rollen nach, die er im Leben eingenommen hatte. Er war ein Sohn, ein Freund, ein Geschäftspartner, aber wer war er wirklich jenseits dieser äußeren Identitäten? Wer war die Essenz von Kadir?

Er begann, sich an seine Kindheit zu erinnern, an die Träume und Leidenschaften, die ihn als kleiner Junge begeisterten. Er erinnerte sich an die Dinge, die ihn wirklich zum Lächeln brachten, die ihn lebendig fühlen ließen. Es waren die einfachen Freuden des Lebens, die ihn erfüllten: die Natur erkunden, Geschichten schreiben, Musik hören.

Doch im Laufe der Jahre hatte er sich von diesen Dingen entfernt. Er hatte sich so sehr darauf konzentriert, den Erwartungen anderer gerecht zu werden und äußere Ziele zu verfolgen, dass er seine eigene Stimme und Leidenschaft verloren hatte. Er hatte vergessen, wer er wirklich war.

Kadir beschloss, sich Zeit zu nehmen, um sich selbst besser kennenzulernen. Er machte sich auf den Weg zu einem nahegelegenen Park und setzte sich unter einen Baum. Er

schloss die Augen und atmete tief ein, während er sich auf seine innere Welt konzentrierte.
Er begann, in sich selbst zu graben, um seine Werte, Überzeugungen und Träume zu entdecken. Er stellte sich Fragen wie: Was bringt mir Freude? Was ist mir wirklich wichtig? Welche Ziele möchte ich verfolgen? Was macht mich einzigartig?
Mit jedem Atemzug fühlte Kadir, wie sich sein Verständnis von sich selbst vertiefte. Er erkannte, dass er nicht durch äußere Erfolge oder die Meinungen anderer definiert wurde, sondern dass seine wahre Identität in seinem Inneren lag. Er war einzigartig und kostbar, mit seinen eigenen Stärken, Schwächen und Träumen.
Die Erkenntnis brachte Kadir ein Gefühl der Befreiung. Er spürte eine neue Energie und Motivation, sein Leben bewusst zu gestalten und Entscheidungen zu treffen, die im Einklang mit seinem wahren Selbst standen.
Kadir war noch immer tief in Gedanken versunken, als er eine sanfte Stimme neben sich hörte. Er schaute auf und sah eine ältere Dame mit einem warmen Lächeln auf den Lippen.
"Entschuldigen Sie die Störung", begann sie freundlich, "aber ich kam nicht umhin, Ihre tiefgründigen Gedanken wahrzunehmen. Es scheint, als ob Sie über etwas Wichtiges nachdenken."
Kadir lächelte zurück und lud die Dame ein, sich neben ihn auf die Parkbank zu setzen. "Ja, ich bin gerade dabei, mich selbst besser kennenzulernen und darüber nachzudenken, wie wir als Erwachsene manchmal unsere Träume und das Kindsein verlieren."

Die Dame nickte verständnisvoll. "Sie haben recht. Als Kinder hatten wir eine lebendige Fantasie und malten unsere Träume auf ein Blatt Papier. Wir glaubten fest daran, dass alles möglich ist und verloren uns in unseren Vorstellungen von schönen Autos, Häusern und Familien."
Kadir lächelte bei der Erinnerung an seine eigene Kindheit. "Ja, das stimmt. Wir waren so voller Hoffnung und Kreativität. Aber warum verlieren wir das im Laufe der Zeit?"
Die Dame seufzte leise. "Das Leben nimmt uns oft mit der Zeit die Lust am Leben. Wir werden von den Anforderungen der Gesellschaft und den Erwartungen anderer überrollt. Wir passen unser Leben unserem Budget an und geben unsere Träume auf, anstatt unser Budget unseren Träumen und unserem Leben anzupassen."
Kadir nickte nachdenklich. "Es ist traurig zu sehen, wie viele Menschen sich mit einem Leben zufriedengeben, das nicht ihren wahren Träumen entspricht. Aber was können wir dagegen tun?"
Die Dame lächelte weise. "Wir können anfangen, wieder wie Kinder zu denken. Wir können unsere Träume auf ein Blatt Papier malen und uns erlauben, in unseren Vorstellungen zu schwelgen. Wir können uns fragen, was uns wirklich glücklich macht und uns erlauben, diese Träume zu verfolgen, unabhängig von äußeren Zwängen."
Kadir spürte, wie eine neue Inspiration in ihm aufkeimte. "Sie haben recht. Es ist an der Zeit, dass wir uns von den Fesseln der Erwachsenenwelt lösen und unsere kindliche Leichtigkeit und Neugier zurückgewinnen. Es ist nie zu spät, unsere Träume zu verfolgen und ein erfülltes Leben zu führen."

Die Dame nickte zustimmend. "Genau. Das Leben ist zu kostbar, um es in einem ständigen Kompromiss zu verbringen. Lassen Sie uns wieder lernen, wie man träumt und die Freude am Leben wiederentdeckt."
Kadir bedankte sich bei der Dame für das inspirierende Gespräch und spürte, wie ein Funke der Hoffnung und Begeisterung in ihm aufleuchtete. Er wusste, dass er einen Schritt weitergekommen war auf seiner Reise zu sich selbst und dass er den Mut hatte, seine Träume zu verfolgen, unabhängig von den gesellschaftlichen Erwartungen.
Mit einem neuen Gefühl von Leichtigkeit und Freude machte sich Kadir auf den Weg zu einem Restaurant in *Stuttgart*, fest entschlossen, das Kind in ihm am Leben zu erhalten und die Kraft der Träume wiederzuentdecken. Er wusste, dass er auf dem richtigen Weg war, um sein Leben nach seinen eigenen Maßstäben zu gestalten und seine wahren Träume zu verwirklichen.

20

Kadir erreichte das Restaurant in *Stuttgart*, als es gerade seine Türen öffnete. Er betrat den leeren Raum und genoss die Ruhe, die ihn umgab. Es war ein Moment der Stille, bevor das lebendige Treiben des Tages begann. Er fand einen gemütlichen Platz am Fenster und ließ sich nieder.
Die Bedienung kam auf ihn zu, mit einem freundlichen Lächeln auf den Lippen. "Guten Tag, wie kann ich Ihnen helfen?", fragte sie höflich.
Kadir erwiderte das Lächeln und antwortete: "Guten Tag. Ich hätte gerne einen Chardonnay, bitte."
Die Bedienung notierte seine Bestellung und versprach, den Wein schnellstmöglich zu bringen. Kadir nutzte die Zeit, um den Blick schweifen zu lassen und die Atmosphäre des leeren Restaurants zu genießen.
Der Duft von frisch gebackenem Brot und das gedämpfte Licht schufen eine einladende und entspannte Atmosphäre. Kadir spürte, wie sich die Anspannung in ihm löste und seine Gedanken zur Ruhe kamen. Es war ein Moment der inneren Einkehr und des Innehaltens.
Schließlich brachte die Bedienung den Chardonnay und stellte ihn vor Kadir auf den Tisch. "Hier ist Ihr Chardonnay, frisch für Sie eingeschenkt. Lassen Sie es sich schmecken", sagte sie

lächelnd. "Vielen Dank", erwiderte Kadir und hob sein Glas an, um einen ersten Schluck zu nehmen. Der kühle Wein erfrischte seinen Gaumen und entfachte eine sanfte Wärme in seinem Inneren. Er nahm den Moment in sich auf und genoss die Stille und die Möglichkeit, ganz bei sich selbst zu sein.
Es war ein Moment des Innehaltens und der Reflektion. Kadir ließ seine Gedanken schweifen und fand in der Ruhe des leeren Restaurants Raum, um über sein Leben nachzudenken. Es war ein Moment der Klarheit und des Bewusstseins für seine eigenen Bedürfnisse und Träume.
Er erinnerte sich an die Worte von Michael und der Dame im Park, die ihn dazu ermutigten, sich wieder mit seiner inneren Stimme zu verbinden und herauszufinden, wer er wirklich war. Kadir wusste, dass er diesen Weg der Selbstfindung weitergehen wollte, um seine Träume zu verwirklichen und ein erfülltes Leben zu führen.
Kadir bemerkte, dass die liebe Bedienung in die Küche ging, um einen Anruf entgegenzunehmen. Plötzlich hörte er leise schluchzende Geräusche. Sein Herz zog sich zusammen, als er die Tränen in ihren Augen sah. Er beschloss, ihr einen Moment Zeit zu geben und wartete geduldig an seinem Tisch.
Nach einigen Minuten kam die Bedienung wieder zu ihm, ihr Gesicht noch leicht gerötet von den Tränen. Sie versuchte, ihre Emotionen zu verbergen und fragte mit zittriger Stimme: "Kann ich Ihnen noch etwas bringen?"
Kadir konnte die Sorge in ihren Augen sehen und spürte den Drang, ihr zu helfen. Er antwortete freundlich: "Ja, bitte. Aber bevor Sie weitermachen, möchte ich sicherstellen, dass alles in Ordnung ist. Ich habe gesehen, dass Sie geweint haben. Ist alles

okay?"
Die Bedienung sah überrascht aus, als ob sie nicht erwartet hätte, dass jemand darauf achtet. Sie schluckte schwer und kämpfte gegen die aufsteigenden Tränen an. Schließlich antwortete sie mit leiser Stimme: "Das ist sehr nett von Ihnen. Es geht um Beziehungen, um ehrlich zu sein. Ich habe mich vor Kurzem von meinem langjährigen Partner getrennt, und es hat mich sehr zum Nachdenken gebracht."
Kadir fragte vorsichtig "Trennungen können eine große Herausforderung sein, das verstehe ich. Sie bringen oft viele Emotionen und Fragen mit sich. Darf ich fragen, was Sie beschäftigt?"
Die Bedienung seufzte. "Es geht darum, wie wir uns manchmal in toxischen Beziehungen verlieren und uns selbst vernachlässigen. Ich habe erkannt, dass ich über lange Zeit Kompromisse gemacht habe, um den Frieden zu wahren, und dabei meine eigenen Bedürfnisse aus den Augen verloren habe."
Kadir stimmt zu. "Das ist eine wichtige Erkenntnis. In toxischen Beziehungen ist es oft schwer, unsere eigenen Grenzen zu setzen und uns selbst treu zu bleiben. Es erfordert Mut, sich aus solchen Situationen zu befreien und an sich selbst zu denken."
Die Bedienung lächelte leicht. "Ja, genau das ist es. Ich habe gelernt, dass wir uns selbst die größte Priorität geben müssen. Nur wenn wir uns um unser eigenes Wohlbefinden kümmern, können wir auch in einer gesunden Beziehung sein."
Kadir nickte verständnisvoll. "Das stimmt. Eine gesunde Beziehung beginnt bei uns selbst. Es ist wichtig, sich selbst zu

kennen, seine eigenen Bedürfnisse zu verstehen und Grenzen zu setzen. Es erfordert manchmal Mut, die Entscheidung zu treffen, eine toxische Beziehung zu beenden, um Raum für Wachstum und Selbstentfaltung zu schaffen."

Die Bedienung nickte. "Genau das versuche ich jetzt zu tun. Ich möchte wieder in Einklang mit mir selbst kommen und meine eigenen Träume und Ziele verfolgen."

Kadir lächelte. "Das ist ein wunderbarer Schritt. Das Leben ist zu kostbar, um es in toxischen Beziehungen zu verschwenden. Jeder von uns verdient es, glücklich und erfüllt zu sein."

Die Bedienung stimmte zu. "Da haben Sie absolut recht. Vielen Dank für Ihre Worte und Ihr offenes Ohr. Es tut gut, mit jemandem darüber zu sprechen."

Kadir drückte ihre Hand sanft. "*Du bist stark und du hast die Fähigkeit, aus dieser Situation herauszukommen. Es wird nicht einfach sein, aber du musst dir selbst vertrauen und an deine eigene Stärke glauben. Du verdienst eine gesunde und liebevolle Beziehung, in der du wertgeschätzt wirst.*"

Die Bedienung lächelte durch ihre Tränen hindurch und bedankte sich bei Kadir für seine Worte. Sie fühlte sich erleichtert, dass sie ihre Gefühle geteilt hatte und jemanden gefunden hatte, der ihr Verständnis und Unterstützung entgegenbrachte.

Nach dem Chardonnay verließ Kadir das Restaurant mit einem Gefühl der Dankbarkeit und des Mitgefühls im Herzen. Die Begegnung mit der Bedienung hatte ihn daran erinnert, wie wichtig es war, anderen Menschen zu helfen und gleichzeitig seinen eigenen Weg zu verfolgen. Während er durch die belebten Straßen *Stuttgarts* ging, überlegte er, wohin

ihn seine Reise als nächstes führen könnte. Plötzlich fiel sein Blick auf ein altes Kino, das seit seiner Kindheit in der Stadt existierte. Es hatte eine besondere Bedeutung für ihn, denn dort hatte er seine Liebe für Filme und die Magie der Geschichten entdeckt. Eine Idee formte sich in seinem Kopf, und er beschloss, dem Kino einen Besuch abzustatten.
Kadir betrat das Kino und wurde von der Nostalgie erfasst, die ihn umgab. Der Duft von frischem Popcorn und die gedämpfte Beleuchtung schufen eine gemütliche Atmosphäre. Er kaufte sich eine Eintrittskarte für den nächsten Film, einen Klassiker, den er seit langem nicht mehr gesehen hatte. Während er auf den Beginn des Films wartete, ließ er sich in einem bequemen Sessel nieder und nahm die ruhige Stimmung des Kinosaals in sich auf.
Als der Film begann, fand Kadir sich in einer anderen Welt wieder. Die bewegenden Bilder auf der Leinwand entführten ihn in eine Geschichte voller Emotionen und Abenteuer. Er lachte, weinte und fühlte sich lebendig. Es war, als ob die Geschichten der Charaktere ihm einen Spiegel vorhielten und ihn zum Nachdenken anregten.
Inmitten des Films wurde Kadir von einer Szene dieses Mal besonders berührt. Sie handelte von einem Menschen, der seine Träume aufgegeben hatte, um den Erwartungen anderer gerecht zu werden. Diese Szene traf ihn tief und ließ ihn über sein eigenes Leben nachdenken. Er erkannte, dass er trotz seines beruflichen Erfolgs immer noch den Mut brauchte, seine eigenen Träume zu verfolgen und auf sein Herzen zu hören.

21

Nachdem der Film zu Ende war, erhob sich Kadir von seinem Sitz und verließ den Kinosaal. Er betrat die Lobby, wo das gedämpfte Licht eine warme Atmosphäre schuf. Während er sich umsah, erblickte er plötzlich eine vertraute Gestalt. Es war Joshua, ein alter Freund aus seiner Schulzeit, den er schon lange nicht mehr gesehen hatte. Ein Lächeln breitete sich auf Kadirs Gesicht aus, und er eilte auf Joshua zu.
"Joshua! Bist das wirklich du?", rief Kadir freudig aus. Joshua drehte sich um und seine Augen weiteten sich vor Überraschung. "Kadir? Das ist ja krass! Wie lange ist es her? Fünf Jahre?", erwiderte Joshua mit einem breiten Lächeln und umarmte Kadir herzlich.
Die beiden Freunde begannen, über alte Zeiten zu plaudern und Erinnerungen auszutauschen. Sie erzählten von ihren Abenteuern und Erfahrungen seit ihrem letzten Treffen. Es war eine Mischung aus Nostalgie und Aufregung, ihre Geschichten miteinander zu teilen.
"Und wie läuft es bei dir, Joshua? Was machst du mittlerweile beruflich?", erkundigte sich Kadir neugierig.
Joshua lächelte und antwortete: "Ich arbeite als freiberuflicher Fotograf. Es war schon immer meine Leidenschaft, Momente einzufangen und Geschichten durch Bilder zu erzählen. Es ist

ein aufregender und erfüllender Job, der mir ermöglicht, meine Kreativität auszuleben."
"Das klingt cool! Ich erinnere mich daran, wie talentiert du schon damals in der Schule im Umgang mit der Kamera warst. Es freut mich wirklich zu hören, dass du deine Leidenschaft zum Beruf gemacht hast", erwiderte Kadir mit Begeisterung.
Neugierig wandte sich Joshua an Kadir: "Und was treibst du so? Was machst du beruflich und in deiner Freizeit?"
Kadir überlegte kurz und antwortete: "Nun, in Bezug auf meine Karriere bin ich derzeit in einem Bürojob tätig. Es ist solide und bietet finanzielle Sicherheit, aber es erfüllt mich nicht wirklich. In meiner Freizeit versuche ich jedoch, meiner Leidenschaft für das Schreiben nachzugehen. Ich träume davon, eines Tages als Autor tätig zu sein und meine eigenen Geschichten zu teilen."
Joshua schaute Kadir ermutigend an und sagte: "Das klingt großartig! Das Schreiben ist eine wunderbare Art, sich auszudrücken und die Welt zu inspirieren. Wenn es deine Leidenschaft ist, dann solltest du unbedingt daran festhalten und deine Träume verfolgen."
Nachdem der Smalltalk verklungen war, wurde das Gespräch zwischen Kadir und Joshua allmählich tiefer. Joshua lehnte sich etwas näher zu Kadir und sagte mit nachdenklicher Stimme: "Weißt du, Kadir, in all den Jahren habe ich viel darüber nachgedacht, wie Menschen ihr Leben leben. Und es gibt etwas, das mich immer wieder beschäftigt. Die meisten Menschen verbringen ihre Tage damit, Dinge zu tun, die sie nicht wirklich lieben. Sie folgen den Erwartungen ihrer Familie, Freunde oder der Gesellschaft und verlieren dabei oft

ihre eigenen Träume aus den Augen."
Kadir nickte nachdenklich und erkannte die Wahrheit in Joshuas Worten. "Ja, ich habe das auch bemerkt. Viele Menschen geben ihre eigenen Leidenschaften und Ziele auf, um anderen gerecht zu werden oder weil sie sich von Ängsten und Unsicherheiten leiten lassen", antwortete Kadir.
Joshua fuhr fort: "Und weißt du, Kadir, wenn du das tun möchtest, was du wirklich liebst, musst du es als ein Privileg sehen, nicht als eine selbstverständliche Erwartung. Diese Menschen, die ihre Leidenschaften und Träume verwirklichen, sind nicht die Mehrheit. Es erfordert Mut, Hingabe und harte Arbeit, um das zu erreichen, was einem wirklich am Herzen liegt. Aber wenn das dein Wunsch ist, musst du jetzt damit anfangen, dafür zu arbeiten."
Kadir spürte, wie die Worte seines alten Freundes tief in ihm nachhallten. Es war ein Moment der Erkenntnis und Inspiration. Er erinnerte sich an seine eigene Reise der Selbstfindung und daran, wie wichtig es war, den Mut zu haben, seinen eigenen Weg zu gehen.
"Danke, Joshua. Du sprichst mir aus der Seele. Ich habe auch erkannt, dass es an der Zeit ist, meine eigenen Träume und Ziele zu verfolgen. Es mag nicht einfach sein, aber ich bin bereit, den Weg zu beschreiten und hart dafür zu arbeiten", antwortete Kadir entschlossen.
Die beiden Freunde schauten sich tief in die Augen und spürten die gute alte Freundschaft zwischen ihnen. Sie wussten, dass sie sich gegenseitig auf ihrem Weg unterstützen würden.
"Kadir, ich bin sicher, dass du es schaffen wirst. Lass uns

gemeinsam daran arbeiten, unsere Träume zu verwirklichen und ein erfülltes Leben zu führen", sagte Joshua mit einem ansteckenden Enthusiasmus.

Kadir nickte und ein Gefühl der Entschlossenheit erfüllte sein Herz. Er wusste, dass er nun den ersten Schritt machen musste, um seine Leidenschaften zu verfolgen und sein Leben nach seinen eigenen Vorstellungen zu gestalten.

Mit einem festen Händedruck verabschiedeten sich Kadir und Joshua voneinander. Sie wussten, dass ihre Wege sich wieder kreuzen und dass sie sich gegenseitig auf ihrer Reise unterstützen würden.

22

Kadir verließ das Kino und machte sich auf den Weg zum Parkplatz, wo sein Auto geparkt war. Die Nacht war kühl und der klare Sternenhimmel begleitete ihn auf seinem Weg. Als er in sein Auto stieg und den Motor startete, schaltete er das Radio ein, um etwas Musik zu hören.

Zu seiner Überraschung hörte er eine Radiomoderatorin, die gerade über zwischenmenschliche Beziehungen sprach. Ihre Worte zogen seine Aufmerksamkeit auf sich: "Eine wichtige Lektion, die wir in Beziehungen lernen sollten, ist, den *Stolz* runterschlucken zu können. Es ist nicht gut, zu stolz zu sein, um sich zu entschuldigen. Fast jede Beziehung leidet darunter, wenn wir uns weigern, Verantwortung zu übernehmen und uns aufrichtig zu entschuldigen."

Kadir dachte über seine aktuellen Beziehungen nach und überlegte, ob es Situationen gab, in denen er zu stolz war und eine Entschuldigung verweigert hatte. Er erkannte, dass er bereit sein musste, seinen Stolz beiseite zu legen und die Bedeutung von Vergebung und Verständnis anzuerkennen.

Die Stimme der Moderatorin erklang erneut aus den Lautsprechern: "Stolz kann uns daran hindern, uns zu verbinden und unsere Beziehungen zu stärken. Es ist wichtig, dass wir uns bewusst sind, wie unser Stolz unsere Handlungen

und unsere Fähigkeit zur Kommunikation beeinflusst. Wenn wir in der Lage sind, unseren Stolz zu überwinden und uns aufrichtig zu entschuldigen, öffnen wir Türen zu einem tieferen Verständnis und zu einer echten Versöhnung."
Kadir ließ die Worte auf sich wirken und dachte darüber nach, wie wahr sie waren. Er erinnerte sich an Situationen, in denen sein Stolz ihm im Weg gestanden hatte, selbst wenn er wusste, dass eine Entschuldigung notwendig war. Die Moderatorin sprach über die Bedeutung von Ehrlichkeit, Verletzlichkeit und dem Mut, unsere Fehler zuzugeben.
Die Moderatorin fuhr fort: "In unseren Beziehungen müssen wir lernen, uns gegenseitig Raum für Fehler und Wachstum zu geben. Es ist eine wertvolle Lektion, dass niemand perfekt ist und dass wir alle das Potenzial haben, uns weiterzuentwickeln und zu verbessern. Indem wir unseren Stolz beiseite legen und uns aufrichtig entschuldigen, schaffen wir Raum für Vergebung und Heilung."
Kadir fand Trost in den Worten der Moderatorin. Er erkannte, dass es nie zu spät war, seinen Stolz zu überwinden und Veränderungen in seinen Beziehungen anzustoßen. Er war bereit, die Verantwortung für sein Handeln zu übernehmen und seinen Stolz nicht über das Wohl seiner Beziehungen zu stellen.
Schließlich schaltete Kadir das Radio aus und stieg aus seinem Auto. Er fühlte sich gestärkt und motiviert, sein Verhalten zu reflektieren und aktiv an der Verbesserung seiner Beziehungen zu arbeiten. Er wusste, dass es eine Reise sein würde, aber er war bereit, den ersten Schritt zu gehen.
Mit diesem Entschluss betrat Kadir sein Zuhause und öffnete

die Tür zu einer neuen Möglichkeit der Veränderung und des Wachstums in seinen Beziehungen.

23

Kadir trat auf den Balkon, das Weinglas in der Hand, und ließ seinen Blick über die nächtliche Stadt schweifen. Das warme Licht der Straßenlaternen und das ferne Summen des Stadtlebens verliehen der Nacht eine besondere Atmosphäre. Er genoss den Moment der Stille, während er seine Zigarette anzündete und einen langen Zug nahm. Der Rauch stieg langsam auf und löste sich in der Dunkelheit.

Während er den Rauch ausatmete, ließ Kadir seine Gedanken wandern. Er dachte an die Worte der Radiomoderatorin über den Stolz und die Bedeutung von Ehrlichkeit und Vergebung in Beziehungen. Er erinnerte sich an Momente, in denen sein eigener Stolz dazu geführt hatte, dass er in Konflikten beharrte und sich von seinen Lieben entfernte. Kadir spürte das Verlangen, dies zu ändern und eine tiefere Verbindung zu den Menschen aufzubauen, die ihm wichtig waren.

Während er das Weinglas in der Hand drehte, spürte Kadir eine Mischung aus Entschlossenheit und Unsicherheit. Veränderungen in Beziehungen erforderten Mut und Offenheit. Es war nicht immer einfach, alte Gewohnheiten loszulassen und den eigenen Stolz zu überwinden. Doch Kadir wusste, dass es sich lohnte, den Schritt zu wagen.

Er lehnte sich gegen das Geländer des Balkons und ließ seinen

Blick über den nächtlichen Himmel schweifen. Die Sterne funkelten hoch oben, und Kadir fühlte eine gewisse Faszination für die unendliche Weite des Universums. Es war ein erinnernder Moment daran, wie klein die eigenen Probleme im größeren Kontext waren.

Mit jedem weiteren Zug von seiner Zigarette entschied Kadir, dass er den Mut haben würde, ehrlicher und verletzlicher zu sein. Er würde sich für seine Fehler entschuldigen und seine Beziehungen mit aufrichtiger Kommunikation und Vergebung stärken. Er erkannte, dass es Zeit war, sich von alten Mustern zu lösen und sich auf den Weg zu machen, um eine tiefere Verbundenheit mit seinen Lieben aufzubauen.

Er stellte das leere Weinglas in die Küche und löschte die Zigarette in einem Aschenbecher. Es war spät geworden, und er wusste, dass er am nächsten Tag wieder früh aufstehen musste, um zur Arbeit zu gehen.

Während er ins Schlafzimmer ging, spürte Kadir eine gewisse Erschöpfung in seinen Knochen. Es war ein angenehmes Gefühl, das sich nach einem erfüllten Tag und einer ruhigen Nacht des Nachdenkens einstellte. Er war dankbar für die Erkenntnisse, die er gewonnen hatte, und für die Entschlossenheit, die er in sich spürte.

Kadir zog sich langsam aus und legte sich auf sein Bett. Er ließ seinen Blick durch den Raum schweifen und nahm die Gegenstände wahr, die ihm lieb und vertraut waren. Die Bücher in seinem Regal, die Bilder an der Wand und die kleinen Erinnerungsstücke, die seine Reisen symbolisierten. Sie erinnerten ihn daran, wer er war und wohin er strebte.

Als er die Augen schloss, um den Schlaf zu finden, nahm Kadir einen Moment, um sich auf seinen Atem zu konzentrieren. Er atmete tief ein und aus, ließ die Gedanken zur Ruhe kommen und fühlte, wie sich seine Muskeln entspannten. Es war ein Moment der inneren Stille, in dem er seine Dankbarkeit für diesen Tag und die Möglichkeiten, die vor ihm lagen, zum Ausdruck brachte.

Mit jedem Atemzug schlief Kadir langsam ein, um sich für den kommenden Tag zu regenerieren. Er wusste, dass die Reise zu einem erfüllten Leben Zeit und Geduld erforderte. Es waren die kleinen Schritte und die bewussten Entscheidungen, die den Weg ebneten.

In seinen Träumen begleiteten ihn die Bilder der Sterne, die er vom Balkon aus betrachtet hatte. Sie erinnerten ihn daran, dass das Universum unendliche Möglichkeiten bereithielt und dass er bereit war, diese zu erkunden.

24

Es war Montagmorgen, und Kadir kehrte nach einer erholsamen Woche voller Abenteuer und inspirierender Begegnungen wieder zurück zur Arbeit. Der Alltag hatte ihn wieder fest im Griff, und die Hektik des Bürolebens drohte, ihn zu überwältigen.

Schon am frühen Morgen häuften sich die Aufgaben und Anfragen. Der Schreibtisch war mit Papierstapeln bedeckt, das Telefon klingelte ununterbrochen, und E-Mails fluteten sein Postfach. Kadir spürte den Druck, der mit der Rückkehr zur Arbeit einherging, und versuchte dennoch, gelassen zu bleiben.

Als die Mittagspause endlich anbrach, sehnte sich Kadir nach einer kurzen Auszeit, um den Kopf frei zu bekommen. Er verließ das Bürogebäude und schlenderte durch die belebten Straßen. In der Ferne entdeckte er ein gemütliches Café und beschloss, dort eine Pause einzulegen.

Als er das Café betrat, war er erleichtert von der ruhigen und entspannten Atmosphäre, die dort herrschte. Er bestellte einen Kaffee und setzte sich an einen freien Tisch. Während er den ersten Schluck nahm und sich entspannte, bemerkte er plötzlich eine vertraute Stimme.

"Kadir?", erklang die Stimme von Michael, der zufällig in diesem Café saß.

Kadir blickte auf und konnte sein Glück kaum fassen. "Michael! Was für eine angenehme Überraschung! Wie geht es dir?"
Michael lächelte und setzte sich gegenüber von Kadir. "Mir geht es gut. Es ist schon eine Weile her, seit wir uns das letzte Mal gesehen haben. Wie war deine Auszeit?"
Kadir seufzte und antwortete: "Die Auszeit war fantastisch. Ich habe so viele inspirierende Menschen getroffen und neue Perspektiven entdeckt. Aber nun bin ich wieder im Alltag gefangen, und es ist ziemlich stressig."
Michael nickte verständnisvoll. "Ich kenne das Gefühl. Der Alltag kann manchmal erdrückend sein. Aber vergiss nicht, dass wir nicht nur zur Arbeit gehen, um der Arbeit willen, sondern um die Menschen zu schätzen, die wir dort treffen. Es ist wichtig, ein Unternehmen zu finden, in dem man sich wertgeschätzt fühlt und das Gefühl hat, gebraucht zu werden."
Kadir dachte sofort an die Worte von Sophia am Bodensee. "Du hast recht. Die Menschen um uns herum sind es, die den Unterschied machen. Es ist nicht nur die Arbeit selbst, sondern die Beziehungen, die wir aufbauen und die Unterstützung, die wir geben und erhalten."
Die beiden Männer unterhielten sich weiter über die Bedeutung von zwischenmenschlichen Beziehungen im Arbeitsleben. Sie teilten Geschichten und Erfahrungen und Michael ermutigte Kadir, auch in stressigen Zeiten den Fokus auf die Menschen zu legen.
Die Mittagspause verging wie im Flug, und Kadir spürte, wie sich seine Stimmung verbesserte. Er fühlte sich gestärkt und motiviert, den restlichen Arbeitstag mit einem neuen

Blickwinkel anzugehen.

Als die Zeit gekommen war, sich zu verabschieden, standen Kadir und Michael auf und umarmten sich. "Danke, dass du mich daran erinnert hast, was wirklich zählt", sagte Kadir dankbar.

Michael lächelte. "Es war mir eine Freude. Du bist nicht allein in diesem Alltagstreiben. Wir können uns gegenseitig unterstützen und dadurch Herausforderungen gemeinsam meistern."

Mit einem Gefühl der Verbundenheit und neuer Motivation kehrte Kadir in sein Büro zurück. Er wusste, dass er die stressigen Situationen mit einem offenen Herzen und einem starken Netzwerk von Kollegen bewältigen konnte. Und er war dankbar dafür, dass er Menschen wie Michael hatte, die ihn daran erinnerten, den Sinn des Lebens nicht aus den Augen zu verlieren.

Während er die belebte Straße entlang lief, konnte er die Stimmen eines Paares in der Nähe hören. Neugierig blieb er stehen, als er die Worte des Mannes aufschnappte. "So bin ich eben. Ich kann meine Gewohnheiten nicht ändern, also musst du dich damit abfinden."

Kadir runzelte die Stirn, als er diese Worte hörte. Es erinnerte ihn an die Zeiten, in denen er selbst Ausreden benutzt hatte, um Veränderungen zu vermeiden. Doch seine persönliche Entwicklung hatte ihm gezeigt, dass Veränderung möglich war, wenn man den Willen dazu hatte.

Er beschloss, sich dem Paar anzunähern und seine Sichtweise mit ihnen zu teilen. Als er näher kam, hörte er die Frau erwidern: "Aber Schatz, ich denke, jeder kann sich ändern, wenn er es wirklich will. Es erfordert vielleicht Anstrengung und Engagement, aber es ist möglich."

Kadir trat einen Schritt näher und sprach höflich: "Entschuldigung, ich hatte im Vorbeigehen, euer Gespräch gehört. Aber ich muss der Frau zustimmen. Jeder kann sich ändern, wenn er es wirklich will. Es erfordert Mut, ehrlich mit sich selbst zu sein und die Bereitschaft, an sich selbst zu arbeiten."

Das Paar schaute überrascht auf und der Mann fragte: "**Wer sind Sie und was wissen Sie *schon* darüber**?"

Kadir lächelte freundlich. "Mein Name ist Kadir, und ich habe selbst erlebt, wie sich Veränderungen positiv auf mein Leben auswirken können. Früher habe ich auch Ausreden benutzt, um Veränderungen zu vermeiden. Doch dann habe ich erkannt, dass ich meine Gewohnheiten und Denkmuster ändern kann. Es ist wichtig, in einer Beziehung immer wieder ein Schritt aufeinander zuzugehen. Eine Beziehung funktioniert nur, wenn beide an sich arbeiten. Jeder sollte danach streben, die beste Version von sich selbst zu sein."

Die Frau nickte nachdenklich. "Das klingt interessant. Wie hast du es geschafft, dich zu ändern?"

Kadir erklärte: "Es braucht Selbstreflexion und den Wunsch, an sich selbst zu arbeiten. Ich habe mich mit meinen Stärken und Schwächen beschäftigt und mir klare Ziele gesetzt. Außerdem habe ich mich mit Menschen umgeben, die mich inspirieren und unterstützen. Es war ein Prozess, aber es hat sich gelohnt."

Der Mann schien nachdenklich zu werden. "Vielleicht hast du Recht. Vielleicht ist es an der Zeit, dass ich meine Einstellung

überdenke und mich für Veränderungen öffne."
Kadir lächelte ermutigend. "Das ist ein guter erster Schritt. Wenn du bereit bist, Veränderungen anzunehmen, wirst du erstaunt sein, wie sich dein Leben verbessern kann. Es erfordert Zeit und Geduld, aber es ist möglich."
Das Paar bedankte sich für Kadir's Perspektive und sie setzten ihr Gespräch fort. Kadir lächelte und lief weiter, erfüllt von dem Wissen, dass er vielleicht jemandem geholfen hatte, eine positive Veränderung in seinem Leben anzustreben.
Als Kadir ins Büro zurückkehrte, bemerkte er, dass sich die Arbeitslast auf seinem Schreibtisch weiter erhöht hatte. Die Mitarbeiter waren ebenfalls beschäftigt und einige von ihnen wirkten gestresst.
Kadir ging zu einem Kollegen, der sichtlich noch überforderter als die anderen aussah. "Hey, du wirkst ziemlich gestresst. Brauchst du Hilfe bei irgendetwas?"
Der Kollege erwiderte: "Danke, Kadir, das ist nett von dir. Ich habe so viel zu erledigen, dass ich kaum hinterherkomme."
Kadir schlug vor: "Vielleicht könnten wir zusammenarbeiten und die Aufgaben aufteilen. Wir könnten effizienter sein und uns gegenseitig unterstützen."
Der Kollege sagte: "Das klingt nach einer guten Idee. Ich bin dankbar für deine Hilfe."
Kadir und sein Kollege arbeiteten eng zusammen und schafften es, die Arbeit schneller und effizienter zu erledigen. Dabei nutzten sie ihre Stärken und Ressourcen optimal aus. Die anderen Mitarbeiter sahen, wie gut sie als Team funktionierten und begannen ebenfalls, sich gegenseitig zu unterstützen.

25

Mit der Zeit fand Kadir, dass die Arbeitsatmosphäre im Büro positiver wurde. Indem sie Verantwortung übernahmen und sich gegenseitig halfen, konnten sie die Arbeitslast bewältigen und ein produktives Umfeld schaffen.
Kadir realisierte, dass Veränderungen nicht nur auf individueller Ebene möglich waren, sondern auch im Team. Es erforderte Offenheit, Kommunikation und den Willen, zusammenzuarbeiten. Indem sie alte Gewohnheiten und Ausreden ablegten, konnten sie gemeinsam erfolgreich sein.
Kadir wandte sich an seinen Kollegen, nachdem sie ihre Arbeit erledigt hatten und sich langsam dem Feierabend näherten. "Hey, ich wollte dich fragen, ob du Lust hast, nach der Arbeit noch etwas zu unternehmen. Wie wäre es, wenn wir in eine Bar gehen und den Tag entspannt ausklingen lassen?"
Der Kollege stimmte zu. "Das klingt gut, Kadir! Ich könnte wirklich eine kleine Auszeit gebrauchen."
Die beiden machten sich auf den Weg zur nahegelegenen Bar und fanden sich an einem gemütlichen Tisch wieder. Sie bestellten ihre Getränke und begannen, über ihre Arbeit, aber auch über persönliche Themen zu sprechen.
Kadir lächelte. "Es ist wirklich schön, dass wir uns gegenseitig unterstützen können. Ich finde, wir haben heute als Team gut

zusammengearbeitet."
Sein Kollege nickte verständnisvoll. "Ja, das stimmt. Ich bin froh, dass du mir geholfen hast, die Arbeit zu bewältigen. Es hat mir gezeigt, wie wichtig es ist, sich gegenseitig zu unterstützen und zusammenzuarbeiten."
Kadir stimmte zu. "Genau, es ist viel effektiver, wenn wir als Team arbeiten und einander helfen. Manchmal braucht man einfach jemanden, der einem den Rücken stärkt."
Der Kollege sagte vertraut: "Weißt du, Kadir, manchmal frage ich mich, ob ich das tue, was ich wirklich liebe. Ich möchte meine Leidenschaften verfolgen und meine Talente nutzen, aber manchmal fühle ich mich gefangen in meinem Job. Mein Traum ist es nach Bali zu reisen!"
Kadir lauschte aufmerksam den Worten seines Kollegen und spürte, dass dieser ein tiefes Bedürfnis nach Veränderung hatte. Er nahm einen Schluck von seinem Getränk und sah seinen Kollegen nachdenklich an. "Es klingt so, als wärst du schon eine Weile unglücklich in deinem Beruf. Und wenn ich dich richtig verstehe, dann zieht es dich nach Bali, richtig?"
Der Kollege lächelte. "Ja, das ist es. Ich habe das Gefühl, dass ich dort ein ganz anderes Leben führen könnte. Die Natur, die entspannte Lebensweise und die Möglichkeit, meine eigenen Projekte zu verwirklichen – das alles reizt mich sehr."
Kadir nickte verständnisvoll. "Das klingt nach einem aufregenden Plan. Aber was hält dich davon ab, diesen Schritt zu wagen? Was hindert dich daran, deinen Traum zu verwirklichen?"
Der Kollege erwiderte: "Es sind verschiedene Faktoren, Kadir. Zum einen die Unsicherheit. Ich frage mich, ob ich wirklich

den Mut und die finanzielle Sicherheit habe, alles aufzugeben und neu anzufangen. Und dann sind da noch die Erwartungen der anderen, meiner Familie und meiner Freunde. Sie verstehen vielleicht nicht, warum ich meine Karriere aufgeben und ins Ungewisse gehen möchte."

Kadir antwortete: "Ich verstehe deine Bedenken, sie sind ganz natürlich. Aber lass mich dir etwas sagen: Das Leben ist zu kostbar, um es in Unzufriedenheit zu verbringen. Wenn dein Herz nach Bali ruft und du spürst, dass dort deine Erfüllung liegt, dann sollte das dein Weg sein. Du hast nur dieses eine Leben, und du solltest es nach deinen eigenen Vorstellungen gestalten."

Sein Kollege stimmte zu. "Du hast recht, Kadir. Ich habe oft das Gefühl, dass ich meine Träume hinten anstelle, um den Erwartungen anderer gerecht zu werden. Aber wenn ich ehrlich zu mir selbst bin, dann weiß ich, dass ich nur dann wirklich glücklich sein werde, wenn ich meinen eigenen Weg gehe."

Kadir antwortete: "Genau! Du musst auf dein Inneres hören und deinen eigenen Weg finden. Die Meinungen anderer sind wichtig, aber letztendlich musst du deinem Herzen folgen. Wenn du wirklich nach Bali möchtest und dort dein Glück suchst, dann gibt es keinen Grund, es nicht zu versuchen."

Der Kollege lächelte dankbar und hob sein Glas. "Danke, Kadir. Es tut gut, mit dir darüber zu sprechen und deine Unterstützung zu haben. Ich glaube, es ist an der Zeit, dass ich meine Ängste überwinde und meinen Traum verfolge."

Kadir lächelte: "Das freut mich zu hören. Ich bin fest davon überzeugt, dass du es schaffen kannst. Wenn du Unterstützung

oder Rat brauchst, bin ich gerne für dich da."
Kadir und sein Kollege hatten in der Bar einige weitere Gläser getrunken und langsam machte sich der Alkohol bemerkbar. Ihre Gespräche wurden zunehmend wirrer und ihre Worte verloren an Klarheit.
Beide lachten laut, ohne wirklich zu wissen, warum sie überhaupt lachten. Die Worte und Gedanken verwandelten sich in ein wirres Durcheinander, das nur noch von ihrem betrunkenen Gelächter übertroffen wurde.
Ihr Gelächter füllte die Bar, und die anderen Gäste warfen ihnen amüsierte Blicke zu. Die beiden waren in ihrer eigenen kleinen Welt des betrunkenen Spaßes gefangen, in der alles möglich schien.
Nach einiger Zeit jedoch wurde ihre Euphorie von der Müdigkeit übermannt. Die Worte wurden leiser, die Gedanken verwischten und sie merkten, dass es Zeit war, nach Hause zu gehen.
Kadir sagte: "Es war ein verrückter Abend, mein Freund. Lass uns nach Hause gehen und uns ausruhen. Morgen ist ein neuer Tag."
Der Kollege stimmte zu. "Ja, du hast recht. Morgen... morgen finde ich meinen Weg nach Bali!"
Sie standen wankend von ihren Barhockern auf und verabschiedeten sich von den anderen Gästen. Gemeinsam machten sie sich auf den Weg nach draußen, begleitet von ihrem betrunkenen Gelächter.

26

Kadir verließ die Bar und schloss sein Auto ab. In seinem betrunkenen Zustand entschied er, dass es besser wäre, ein Taxi nach Hause zu nehmen, um auf Nummer sicher zu gehen. Er zog sein Handy aus der Tasche und rief nach einem Taxi.

Kurz darauf hielt ein gelbes Taxi vor ihm, und die Tür öffnete sich. Der Taxifahrer, ein älterer Mann mit einem grauen Bart und müden Augen, blickte Kadir an.

Der Taxifahrer begrüßte Kadir müde: "Guten Abend, wohin darf ich Sie bringen?"

Kadir stieg in das Taxi ein und nannte seine Adresse. Der Taxifahrer fuhr los und sie fuhren durch die nächtlichen Straßen der Stadt.

Kadir lehnte sich im Rücksitz zurück und betrachtete den Taxifahrer im Rückspiegel. Er konnte die Erschöpfung in seinen Augen sehen und spürte eine gewisse Melancholie in der Luft.

Kadir fragte: "Lange Nacht für Sie, oder?"

Der Taxifahrer antwortete: "Ja, schon eine Weile unterwegs. Die Nächte sind manchmal ziemlich lang."

Kadir nickte verständnisvoll. "Ich kann mir vorstellen, dass es eine Herausforderung ist, Menschen sicher nach Hause zu bringen, besonders spät in der Nacht."

Der Taxifahrer antwortete: "Oh ja, es hat seine Höhen und Tiefen. Manche Leute erzählen mir ihr ganzes Leben, andere sind still wie ein Grab. Es ist interessant, welche Geschichten man so hört."
Kadir antwortete: "Das glaube ich gerne. Es gibt so viele Geschichten da draußen. Jeder hat sein eigenes Leben mit seinen Höhen und Tiefen."
Der Taxifahrer antwortete: "Das ist wahr, junger Mann. Manchmal wünschte ich mir, ich könnte all diese Geschichten in meinen Taxi-Sitzen einschließen und sie nie mehr loslassen. Aber das Leben geht weiter."
Kadir spürte eine gewisse Schwere in den Worten des Taxifahrers. Es schien, als ob er eine Last auf seinen Schultern trug, die nicht nur vom nächtlichen Fahren kam.
Kadir fragte ruhig: "Haben Sie denn eine Geschichte, die Sie gerne teilen möchten?"
Der Taxifahrer lächelte traurig und dachte einen Moment nach. "Vielleicht eine andere Nacht, junger Mann. Heute bin ich müde und meine Gedanken sind woanders. Ich möchte nur sicherstellen, dass Sie wohlbehalten nach Hause kommen."
Kadir nickte verständnisvoll und lehnte sich wieder zurück. Die restliche Fahrt verlief in Stille, und bald erreichten sie Kadir's Zuhause. Kadir zahlte den Fahrpreis und stieg aus dem Taxi aus. Er bedankte sich beim Taxifahrer für die sichere Fahrt und wünschte ihm eine gute Nacht. Kadir betrat sein Haus, spürte die Müdigkeit in seinen Knochen und ließ sich in sein Bett fallen. Während er langsam in den Schlaf glitt, dachte er an den Taxifahrer und die unerzählten Geschichten, die in den Straßen der Stadt auf ihn warteten.

27

Am nächsten Morgen wachte Kadir mit einer ungewöhnlichen Energie auf. Die Gedanken an die Geschichten des Taxifahrers und die Sehnsucht nach neuen Abenteuern hatten ihn nicht losgelassen. Er spürte den Drang, dem Alltag zu entfliehen und etwas Neues zu erleben.

Kadir stand auf und ging entschlossen in sein Wohnzimmer. Er öffnete seinen Laptop und begann, nach Reisezielen zu suchen. Dabei stieß er auf *Marseille*, eine Stadt in Frankreich, die für ihre atemberaubende Küstenlandschaft und ihren kulturellen Reichtum bekannt war.

Der Gedanke, nach *Marseille* zu fahren, ließ sein Herz schneller schlagen. Es schien der perfekte Ort zu sein, um dem Trubel des Alltags zu entkommen und sich selbst neu zu entdecken. Zwei Wochen später packte Kadir seine Koffer und machte sich auf den Weg zur Garage.

Er schob die Koffer in den Aufzug und fuhr hinunter in die Tiefgarage. Dort angekommen, öffnete er den Kofferraum seines Autos und legte seine Sachen ordentlich hinein. Der Klang der sich schließenden Kofferraumklappe war wie ein Symbol für die Entscheidung, die er getroffen hatte.

Kadir setzte sich hinter das Steuer seines Autos und gab das Ziel "*Marseille*" in das Navigationsgerät ein. Die Anzeige zeigte eine Entfernung von 960 Kilometern an. Es war keine kurze Fahrt, aber das störte ihn nicht. Er war bereit, die Straßen zu erobern und sich auf das Abenteuer einzulassen.

Mit einem letzten Blick auf sein Zuhause und den Gedanken an die bevorstehende Reise, startete Kadir den Motor. Die Autobahn lag vor ihm wie ein endloser Pfad voller Möglichkeiten. Die Fahrt nach *Marseille* versprach neue Erfahrungen, unvergessliche Begegnungen und eine Chance, sich selbst neu zu definieren.

Kadir spürte eine Mischung aus Aufregung und Ruhe, während er die Straßen hinter sich ließ und dem Horizont entgegenfuhr. Die Landschaft zog an ihm vorbei, während er sich von Kilometer zu Kilometer weiter von seiner gewohnten Umgebung entfernte.

Die Reise würde ihm nicht nur neue Orte zeigen, sondern auch eine Reise zu sich selbst sein. Kadir war bereit, alles aufzunehmen, was das Leben ihm bieten würde, und seinen eigenen Weg zu finden.

Mit jedem Kilometer, den er zurücklegte, spürte Kadir eine gewisse Leichtigkeit und ein Gefühl der Freiheit. Er ließ die Gedanken an den Alltag hinter sich und öffnete sein Herz für das Unbekannte, das vor ihm lag.

Während Kadir die Kilometer auf dem Weg nach *Marseille* zurücklegte, begleitete ihn die Musik großer Legenden wie Michael Jackson und James Brown. Die altbekannten Hits füllten den Innenraum seines Autos und ließen ihn in Erinnerungen schwelgen.

Die kraftvollen Stimmen der Musiker und die mitreißenden Rhythmen versetzten Kadir in eine nostalgische Stimmung. Er

konnte nicht anders, als mitzusingen und im Takt der Musik mit dem Kopf zu nicken. Die Melodien schienen eine Verbindung zu seiner Seele herzustellen und ihm eine gewisse Lebendigkeit zu verleihen.
Zwischendurch durchbrach eine Moderatorin im Radio die Musikstücke. Ihre Stimme klang warm und beruhigend, als sie über die Kunst sprach, die Leere im Inneren zu füllen. Kadir lauschte aufmerksam ihren Worten, während er die Autobahn entlangfuhr.
"Oft versuchen wir, das Gefühl der Leere in uns mit äußeren Dingen zu füllen", sagte die Moderatorin. "Doch wahre Erfüllung kommt von innen. Es geht darum, die Dinge zu tun, die uns lebendig fühlen lassen, die unsere Leidenschaft entfachen und uns mit uns selbst verbinden."
Kadir dachte über diese Worte nach. Er erkannte, dass seine Reise nach *Marseille* nicht nur eine Flucht vor dem Alltag war, sondern auch eine Suche nach dieser inneren Erfüllung. Er wollte das Leben in vollen Zügen genießen, seine Leidenschaften ausleben und das Gefühl haben, wirklich lebendig zu sein.
Die Musik und die inspirierenden Worte begleiteten Kadir während der gesamten Fahrt. Die Kilometer verflogen und *Marseille* rückte näher. Mit jedem Song und jedem Gedanken, der durch seinen Kopf strömte, fühlte er sich mehr und mehr dazu ermutigt, seine innere Leere zu füllen und ein erfülltes Leben zu führen.

28

Kadir hatte bereits eine beträchtliche Strecke auf seiner Reise nach *Marseille* zurückgelegt und beschloss, auf einem Rastplatz in der Nähe von *Genf* eine kleine Pause einzulegen. Er steuerte den Parkplatz an, auf dem eine Tankstelle und ein kleiner Laden zu finden waren.
Als er aus seinem Auto stieg, spürte Kadir die frische Luft um sich herum. Er streckte sich und spazierte zur Tankstelle, um sich etwas zu trinken zu besorgen. Er betrat den Laden und begrüßte den Verkäufer mit einem freundlichen Lächeln.
"Ein heißer Tag, nicht wahr?" sagte Kadir und deutete auf die Sonne, die hoch am Himmel stand.
Der Verkäufer nickte zustimmend und erwiderte: "Ja, die Sonne brennt heute richtig."
Kadir griff nach einer gekühlten Flasche Wasser und wandte sich wieder dem Verkäufer zu. "Manchmal fühlt es sich so an, als ob das Leben uns mit seiner Hitze herausfordert, oder?"
Der Verkäufer lächelte und antwortete: "In der Tat, das Leben ist wie eine Wüste. Es kann uns manchmal austrocknen und herausfordern, aber es gibt auch Oasen der Erfrischung, auf die wir stoßen."
Kadir lächelte und reichte dem Verkäufer das Geld, um seine Flasche Wasser zu bezahlen. "Sie haben recht", sagte er. "Manchmal müssen wir einfach unsere eigene Oase finden, um

uns zu erfrischen und weiterzumachen."
Der Verkäufer nickte und reichte Kadir das Wechselgeld zurück. "Genau, mein Freund. Jeder von uns hat die Möglichkeit, seine eigene Oase zu finden und den Durst nach Erfüllung zu stillen."
Kadir bedankte sich und verließ den Laden mit seiner Flasche Wasser in der Hand. Während er zu seinem Auto zurückging, dachte er über den kleinen Smalltalk nach. Die Metaphern hatten etwas in ihm ausgelöst. Sie erinnerten ihn daran, dass es auf seiner Reise nicht nur darum ging, nach *Marseille* zu gelangen, sondern auch darum, seine eigenen inneren Oasen zu entdecken und zu schätzen.
Er setzte sich wieder in sein Auto und fuhr weiter, mit dem Geschmack des erfrischenden Wassers auf seinen Lippen und den Gedanken an die Worte des Verkäufers im Kopf. Kadir wusste, dass die Reise noch viele Herausforderungen und Überraschungen für ihn bereithielt, aber er war bereit, sich ihnen zu stellen.
Mit jedem Kilometer, den er hinter sich ließ, fühlte er, wie sich sein Geist öffnete und seine Perspektive erweiterte. Die Metaphern begleiteten ihn weiterhin auf seinem Weg, als er sich der Küste von *Marseille* näherte. Kadir war gespannt darauf, was ihn dort erwarten würde, und er wusste, dass er bereit war, seine Reise der Selbstentdeckung fortzusetzen.
Kadir erreichte schließlich *Marseille*, nachdem er die langen Kilometer auf der Straße zurückgelegt hatte. Er parkte sein Auto vor der Unterkunft, die er für seinen Aufenthalt gebucht hatte, und stieg aus. Die müden Beine trugen ihn die Treppen hinauf und er öffnete die Tür zu seinem Zimmer.

Die Unterkunft war einfach, aber gemütlich. Kadir ließ seinen Blick über den Raum schweifen und spürte, wie die Müdigkeit immer stärker in ihm aufstieg. Er entschied sich dafür, nicht länger zu warten und legte sich sofort auf das bequeme Bett.
Die Kissen umarmten seinen Kopf und die weiche Matratze gab nach, als er sich entspannte. Kadir schloss die Augen und spürte, wie seine müden Glieder von der Anstrengung der Reise nachgaben. Es war, als ob sein Körper ihm signalisierte, dass es Zeit zum Ausruhen war.
Die Geräusche der Stadt drangen gedämpft durch das Fenster. Das Rauschen der Wellen, die Stimmen der Menschen auf den Straßen und das entfernte Lachen füllten die Luft. Für einen Moment lauschte Kadir den Klängen der Stadt, bevor er sich in die Stille seiner eigenen Gedanken zurückzog.
Mit jedem Atemzug fühlte er sich ruhiger und entspannter. Die Erschöpfung ließ ihn langsam in einen tiefen Schlaf gleiten. In seinen Träumen begannen sich die Konturen der Stadt mit den Erwartungen und Möglichkeiten zu vermischen, die er für seine Zeit in *Marseille* hatte.
Während er in seinen Träumen verweilte, war Kadir sich bewusst, dass dieser Schlaf nicht nur ein Akt der Erholung war, sondern auch eine Vorbereitung auf das, was ihn in der pulsierenden Stadt erwarten würde. Er wusste, dass er sich ausruhen musste, um die Energie und Klarheit zu finden, um die Wunder und Geheimnisse von *Marseille* zu entdecken.
In diesem Zustand der Ruhe und Stille ließ sich Kadir voll und ganz auf die Atmosphäre der Stadt ein. Er spürte, wie sich die Vorfreude in ihm ausbreitete und wie sein Körper von der Erschöpfung geheilt wurde. Der Schlaf war wie ein Geschenk,

das er sich selbst gemacht hatte, um für die Abenteuer, die ihm bevorstanden, bereit zu sein.
Kadir schlummerte weiter, während die Sonne über *Marseille* aufging und den neuen Tag ankündigte. Die Stadt erwartete ihn, und er war bereit, die Reise fortzusetzen und die Geheimnisse zu entdecken, die darauf warteten, enthüllt zu werden.

29

Am nächsten Morgen erwachte Kadir langsam aus seinem erholsamen Schlaf. Er öffnete die Augen und ließ seinen Blick durch das Zimmer schweifen, bevor er sich aufsetzte und sich streckte. Die Vorfreude auf den neuen Tag war spürbar in der Luft.

Nachdem er sich frisch gemacht hatte, verließ Kadir die Unterkunft und machte sich auf den Weg zum Hafen. Der Duft des Meeres und das Rauschen der Wellen begleiteten ihn auf seinem Spaziergang entlang der Uferpromenade. Die Sonne strahlte warm auf sein Gesicht und tauchte die Umgebung in ein sanftes Licht.

Als Kadir weiterging, entdeckte er ein schickes Restaurant mit dem Namen "*L'infusion*". Die einladende Atmosphäre und der verlockende Duft von frisch zubereitetem Essen lockten ihn an. Er spürte, dass es an der Zeit war, seinen Hunger mit einem leckeren Frühstück zu stillen.

Er betrat das Restaurant und wurde von einem freundlichen Kellner begrüßt. Der Kellner führte ihn zu einem gemütlichen Tisch am Fenster, von dem aus er einen herrlichen Blick auf den Hafen hatte. Kadir ließ sich in dem bequemen Stuhl nieder und nahm die Speisekarte zur Hand.

Die Auswahl war vielfältig und verlockend. Kadir entschied

sich schließlich für ein reichhaltiges Frühstück mit frischen Croissants, duftendem Kaffee und einer Auswahl an frischen Früchten. Während er auf sein Essen wartete, genoss er die entspannte Atmosphäre des Restaurants und ließ seinen Blick über den Hafen schweifen.
Sein Frühstück wurde serviert, und Kadir war von der Präsentation und dem Geschmack sehr beeindruckt. Jeder Bissen war ein Genuss, und er spürte, wie sich seine Energiereserven wieder auffüllten. Das Essen war köstlich und die Kombination aus Geschmack und Aromen zauberte ihm ein Lächeln auf die Lippen.
Während er sein Frühstück genoss, nutzte Kadir die Gelegenheit, um das Treiben im Restaurant zu beobachten. Er hörte das leise Murmeln der Gäste, das Klappern von Geschirr und das freundliche Lachen des Personals. Es schien, als ob jeder hier eine gute Zeit hatte und sich wohl fühlte.
Kadir verließ das gemütliche Ambiente des *"L'infusion"* und schlenderte am Hafen entlang. Die Sonne strahlte am wolkenlosen Himmel, und der Geruch von Salz lag in der Luft. Das Treiben der Boote und Yachten zog seine Aufmerksamkeit auf sich, und er beobachtete fasziniert das lebendige Treiben der Seeleute.
Plötzlich hörte Kadir eine Stimme. Er drehte sich um und sah einen Mann mittleren Alters auf einer eleganten Yacht stehen. Der Mann, mit einem freundlichen Lächeln auf den Lippen, streckte seine Hand aus und bat Kadir um Hilfe beim Festhalten des Seils.
Kadir zögerte nicht lange und fing das Seil geschickt auf. Der Kapitän, auf dessen Namensschild der Name "Ron" stand,

bedankte sich bei ihm und begann das Gespräch mit einem Lächeln: "Danke dir. Eine helfende Hand kommt immer zur rechten Zeit."

Kadir erwiderte höflich: "Gern geschehen. Es freut mich, dass ich dir helfen konnte."

Ron bemerkte Kadirs Interesse an der Yacht und lud ihn ein, an Bord zu kommen. Neugierig folgte Kadir der Einladung und betrat das Deck. Die Yacht war beeindruckend und strahlte Luxus aus.

Während sie sich auf dem Deck unterhielten, führte Ron das Gespräch in eine tiefere Richtung. Er erzählte Kadir von den Höhen und Tiefen seines Lebens, von den Chancen, die er ergriffen und den Fehlern, die er gemacht hatte. Er sprach von zweiten Chancen und wie wichtig es sei, sie zu nutzen.

Ron wandte sich Kadir zu und sagte mit einem nachdenklichen Blick: "Manchmal bietet das Leben uns eine zweite Chance, und es liegt an uns, sie zu ergreifen. Wie eine Metapher, in der das Seil, das du gefangen hast, eine neue Gelegenheit symbolisiert. Es liegt an dir, ob du es festhältst und dich von der Strömung des Lebens mitreißen lässt oder ob du es loslässt und dich zurückziehst."

Kadir hörte aufmerksam zu und spürte, wie Ron's Worte in ihm resonierten. Er dachte über seine eigenen Träume, Wünsche und die Entscheidungen nach, die er bisher getroffen hatte. Ron's Worte waren wie ein Weckruf, der ihn dazu ermutigte, neue Wege zu erkunden und seine Chancen zu ergreifen.

Sie verbrachten noch einige Zeit auf der Yacht und tauschten Geschichten und Erfahrungen aus. Ron ermutigte Kadir, seine

Träume zu verfolgen und den Mut zu haben, für seine Ziele einzustehen.

Als es Zeit war, sich zu verabschieden, schüttelten sie sich die Hände, und Ron sagte mit einem Lächeln: "Denk daran, das Leben ist wie das Meer. Manchmal ist es ruhig und sanft, manchmal wild und stürmisch. Aber es liegt an uns, wie wir damit umgehen und welche Wege wir wählen."

Kadir bedankte sich bei Ron für die inspirierenden Worte und den unerwarteten Austausch.

Kadir verließ den Hafen von *Marseille* und machte sich auf den Weg zurück zu seiner Unterkunft. Die Straßen waren belebt, als er durch die Stadt schlenderte, und die Geräusche des städtischen Treibens begleiteten ihn auf dem Weg.

Kadir betrat seine Unterkunft und genoss den Moment der Stille, der ihn umgab. Er fühlte sich erfrischt und inspiriert durch seine kreative Tätigkeit. Als er sich gerade hinsetzen wollte, um das Gefühl der Ruhe zu genießen, läutete plötzlich sein Handy.

Er nahm sein Handy in die Hand und sah den Anrufer-Display, der den Namen "Alex" anzeigte. Alex war ein langjähriger Freund, der als Grafikdesigner arbeitete. Kadir lächelte und entschied sich, den Anruf anzunehmen.

"Hey Alex, wie geht's?", begrüßte Kadir seinen Freund am anderen Ende der Leitung.

"Kadir! Ich habe gehört, dass du in *Marseille* bist. Was für eine Überraschung!", antwortete Alex aufgeregt. "Weißt du, was noch aufregender ist? Ich befinde mich gerade in *Nizza*! Ich habe eine Woche frei genommen und die sonnigen Strände hier genießen wollen. Aber *Marseille* ist ja nicht weit entfernt

von Nizza. Wie wäre es, wenn wir uns treffen?"
Kadir spürte die Aufregung in Alexs Stimme und konnte sich ein Lächeln nicht verkneifen. Die Idee, sich mit einem guten Freund zu treffen und gemeinsam Zeit zu verbringen, begeisterte ihn.
"Das klingt großartig, Alex! Ich habe bei meiner Anreise auch darüber nachgedacht, ein paar Tage in *Nizza* zu verbringen, da ich gehört habe, dass es dort einen wunderschönen Steinstrand gibt. Wir können uns gerne treffen und einen schönen Tag zusammen verbringen. Hast du eine Idee, was wir unternehmen können?"
Alex überlegte einen Moment und schlug dann vor: "Wie wäre es, wenn wir uns am Hafen von *Nizza* treffen? Es gibt dort einige gemütliche Cafés, wo wir uns austauschen und den Blick auf das Meer genießen können. Was hältst du davon?"
Kadir stimmte begeistert zu: "Perfekt! Lass uns am Hafen treffen. Ich freue mich schon darauf, dich wiederzusehen und die Zeit zusammen zu genießen. Bis gleich, mein Freund!"
Sie verabschiedeten sich und Kadir konnte die Vorfreude in seinem Inneren spüren. Es war eine unerwartete Begegnung, aber er war dankbar für die Möglichkeit, sich mit Alex zu treffen und gemeinsame Erinnerungen zu schaffen.
Kadir packte seine Sachen wieder zusammen, verließ seine Unterkunft und machte sich auf den Weg nach *Nizza*. Die Gedanken an das bevorstehende Treffen mit Alex und die Aussicht auf einen schönen Tag füllten ihn mit Freude und Aufregung.

30

Kadir setzte sich in sein Auto und machte sich auf den Weg nach *Nizza*. Die Fahrt entlang der malerischen Küstenstraße war eine wahre Augenweide. Der blaue Himmel, das glitzernde Meer und die vorbeiziehenden Küstenstädte ließen ihn die Zeit vergessen.

Nach etwa zwei Stunden erreichte er schließlich den Hafen von *Nizza*. Kadir parkte sein Auto und stieg aus, während er sich umschaute, um Alex zu entdecken. Es dauerte nicht lange, bis er seinen Freund am vereinbarten Treffpunkt erblickte.

"Alex!", rief Kadir freudig und eilte auf ihn zu. Die beiden umarmten sich herzlich und Kadir spürte die Vertrautheit und Wärme, die ihre Freundschaft auszeichnete.

"Kadir, es ist so gut, dich zu sehen!", erwiderte Alex lächelnd. "Wie war deine Fahrt? Ich hoffe, du hast die Küstenlandschaft genossen."

"Es war unglaublich, Alex", antwortete Kadir begeistert. "Die Fahrt entlang der Küste war einfach atemberaubend. Es ist erstaunlich, wie die Schönheit der Natur einen so tief berühren kann."

Die beiden begannen, am Hafen entlang zu schlendern, während sie sich über ihre neuesten Erlebnisse und Erfahrungen austauschten. Die Atmosphäre war entspannt und fröhlich, und es schien, als hätten sie sich nie aus den Augen verloren.

Während sie an den Yachten vorbeigingen, ließen sie den Blick über das glitzernde Wasser schweifen. Die Sonne tauchte die Szenerie in ein warmes Licht und ein sanfter Meeresduft wehte durch die Luft.

31

Kadir und Alex suchten sich ein gemütliches Café in der Nähe des Hafens und ließen sich an einem kleinen Tisch nieder. Das gedämpfte Licht und die entspannte Atmosphäre luden zum Verweilen ein.

Während sie ihre Getränke genossen, nahm Alex einen Moment der Stille wahr und entschied sich schließlich, seine Gedanken mit Kadir zu teilen. Sein Blick wurde etwas nachdenklich, als er an seine Vergangenheit dachte.

"Kadir, es ist jetzt vier Jahre her, seit meine Frau bei einem tragischen Autounfall ums Leben kam", begann Alex leise. "Es war der schwierigste Moment meines Lebens, und ich vermisse sie jeden Tag. Es gab Zeiten, in denen der Schmerz mich überwältigte und ich nicht wusste, wie ich weitermachen sollte."

Kadir legte seine Hand auf Alexs Schulter, um ihm seine Unterstützung zu zeigen. "Ich kann mir nur annähernd vorstellen, wie schwer das für dich gewesen sein muss, Alex. Der Verlust eines geliebten Menschen ist unbeschreiblich schmerzhaft."

Alex nickte und fuhr fort: "Aber mit der Zeit habe ich gelernt, dass das Leben weitergeht, auch wenn wir tiefen Schmerz empfinden. Es ist wichtig, sich zu erlauben, zu trauern und den

Schmerz anzunehmen, aber gleichzeitig müssen wir auch lernen, wieder nach vorne zu schauen."
Er nahm einen Schluck von seinem Kaffee und fuhr fort: "Ich habe gelernt, mich auf die schönen Erinnerungen zu konzentrieren und sie als Geschenk zu betrachten. Anstatt mich in Trauer zu verlieren, versuche ich, das Leben zu ehren, das wir gemeinsam hatten, und die Liebe, die wir geteilt haben. Es ist ein stetiger Prozess des Loslassens und der Akzeptanz."
Kadir lauschte aufmerksam und spürte, wie Alex seine eigene Lebensweisheit mit ihm teilte. Es beeindruckte ihn, wie Alex es geschafft hatte, trotz des Schmerzes, den er erlebt hatte, wieder eine positive Einstellung zum Leben zu finden.
"Das ist wirklich inspirierend, Alex", sagte Kadir aufrichtig. "Es erfordert viel Stärke und Mut, sich dem Schmerz zu stellen und ihn in etwas Transformierendes umzuwandeln. Danke, dass du deine Erfahrungen mit mir teilst."
Alex lächelte dankbar und fuhr fort: "Kadir, das Leben ist kostbar und wir haben die Verantwortung, es in vollen Zügen zu leben. Ich habe gelernt, dass es wichtig ist, uns selbst zu erlauben, zu trauern, aber auch, wieder Freude zu empfinden und nach vorne zu schauen. Es gibt so viele wunderbare Dinge zu entdecken und zu erleben."

32

Während Kadir und Alex sich in dem gemütlichen Café weiter unterhielten, spürte Alex, dass es an der Zeit war, das Thema zu wechseln und etwas Leichteres anzusprechen. Er nippte an seinem Kaffee und setzte ein sanftes Lächeln auf.
"Weißt du, Kadir", begann Alex vorsichtig, "es gibt da jemanden, den du vielleicht gerne treffen würdest... Martin ist hier in *Nizza*."
Kadir hob überrascht eine Augenbraue. Martin war sein langjähriger Geschäftspartner und hatte eine entscheidende Rolle in seiner erfolgreichen Karriere gespielt. Sie hatten viele Jahre zusammengearbeitet und waren durch dick und dünn gegangen.
"Martin? Hier in *Nizza*?", fragte Kadir verwundert. "Das ist ja eine angenehme Überraschung. Seit wir uns das letzte Mal gesehen haben, ist einige Zeit vergangen."
Alex nickte zustimmend. "Ja, er hat mir erzählt, dass er sich hier für einige Zeit niedergelassen hat. Es scheint, als hätte er ein neues Kapitel in seinem Leben aufgeschlagen. Er war begeistert, als ich ihm von deinem Besuch erzählt habe. Er meinte, er möchte dich unbedingt treffen."
Ein Hauch von Nostalgie und Dankbarkeit durchzog Kadir, als er an die gemeinsamen Erfolge mit Martin dachte. Martin

hatte immer an ihn geglaubt und ihm wichtige Chancen gegeben, die den Grundstein für seine erfolgreiche Karriere gelegt hatten.
"Es wäre großartig, Martin wiederzusehen", sagte Kadir mit einem warmen Lächeln. "Er hat einen großen Anteil an dem, was ich heute erreicht habe. Ich schulde ihm viel."
Alex nickte verständnisvoll. "Ja, das ist ihm bewusst. Er hat oft über dich gesprochen und wie stolz er auf dich ist. Ich denke, es wird eine schöne Gelegenheit sein, alte Erinnerungen aufzufrischen und gemeinsam über die Vergangenheit und die Zukunft zu sprechen."
Alex zückte sein Handy und suchte in seinen Kontakten nach Martins Nummer. Er wählte die Nummer und wartete gespannt, während das Telefon klingelte. Schließlich nahm Martin am anderen Ende der Leitung ab.
"Hey Martin, hier ist Alex", sagte er aufgeregt. "Du wirst es nicht glauben, aber ich bin gerade mit Kadir in *Nizza*. Wir sitzen im *Café Le Grand* am Hafen. Es wäre großartig, wenn du vorbeikommen könntest, um Kadir zu sehen. Er hat sich so gefreut, als ich ihm erzählt habe, dass du hier bist."
Alex konnte Martins Überraschung förmlich durch die Leitung spüren. Es war offensichtlich, dass Martin nicht damit gerechnet hatte, Kadir in *Nizza* zu treffen.
"Alex, meinst du das ernst?!", antwortete Martin mit aufgeregter Stimme. "Ich kann es kaum fassen. Natürlich werde ich sofort vorbeikommen. Ich freue mich riesig darauf, Kadir wiederzusehen."
Alex lächelte zufrieden. Er wusste, dass dieses Treffen für beide Männer eine besondere Bedeutung hatte. Es würde

Erinnerungen wecken, alte Zeiten wieder aufleben lassen und vielleicht auch neue Perspektiven eröffnen.
"Super, Martin! Ich kann es kaum erwarten, dich zu sehen. Beeil dich bitte. Wir werden hier auf dich warten", sagte Alex und beendete das Telefonat.
Alex erzählte Kadir von dem Telefonat und der bevorstehenden Ankunft von Martin. Kadir spürte eine Mischung aus Freude und Aufregung. Es fühlte sich an, als würde sich ein weiteres Kapitel ihres Lebens entfalten und neue Möglichkeiten würden sich eröffnen.
Die beiden setzten sich zurück in das *Café Le Grand* und genossen die Atmosphäre am Hafen von *Nizza*. Sie unterhielten sich über ihre vergangenen Abenteuer, ihre Träume und darüber, wie das Leben sie immer wieder überrascht hatte.
Die Zeit verging langsam, während sie auf Martins Ankunft warteten. Doch jede Minute des Wartens war es wert, denn sie wussten, dass dieses Wiedersehen ihre Freundschaft vertiefen und neue Inspirationen bringen würde.
Als Martin durch die Tür des *Café Le Grand* trat, spürte Kadir sofort eine Welle der Freude und Nostalgie. Martin hatte sich kaum verändert. Mit seinen 42 Jahren strahlte er immer noch eine Aura von Selbstbewusstsein und Erfolg aus. Seine braungebrannte Haut und seine imposante Statur von 1,90 Meter verliehen ihm eine imposante Präsenz.
Ein breites Lächeln erschien auf Martins Gesicht, als er Kadir erblickte. Die beiden Männer umarmten sich herzlich und genossen den Moment des Wiedersehens. Es war, als wären sie nie getrennt gewesen.

"Kadir, alter Freund! Es ist so großartig, dich hier zu sehen", rief Martin begeistert. "Du hast keine Ahnung, wie sehr ich mich darauf gefreut habe, dich wiederzusehen. Du siehst gut aus, Mann!"
Kadir konnte seine Freude kaum verbergen. Es war, als würde eine vertraute Energie zwischen ihnen hin und her fließen, die die Jahre der Trennung vergessen ließ.
"Martin, mein Freund, du siehst gut aus, Alter!", erwiderte Kadir mit einem breiten Grinsen. "Es ist so surreal, dich hier zu sehen. Die alten Zeiten kommen mir gerade wieder in den Sinn."
Martin setzte sich zu den beiden an den Tisch und sie begannen, über ihre Vergangenheit zu plaudern. Sie erinnerten sich an ihre gemeinsamen Geschäftsabenteuer, an die Herausforderungen, die sie gemeinsam gemeistert hatten, und an die Träume, die sie teilten.
Martin erzählte von seinem Erfolg als Geschäftsmann und wie er seine Visionen verwirklichte. Kadir lauschte gespannt und bewunderte Martins Entschlossenheit und seinen Ehrgeiz.
"Kadir, ich muss zugeben, dass ich nicht alles erreicht hätte, wenn du nicht an meiner Seite gewesen wärst", gestand Martin dankbar. "Du hast mich immer inspiriert und herausgefordert, über meine Grenzen hinauszugehen. Du bist ein wahrer Freund und Mentor."
Kadir lächelte bescheiden und drückte seine Wertschätzung aus. Es war eine tiefe Verbundenheit zwischen ihnen, die die Jahre der Trennung überdauert hatte.
Während sie weiter plauderten und ihre Erinnerungen teilten, wurde deutlich, dass dieses Treffen nicht nur ein Zufall war. Es

war ein Wendepunkt in ihren Leben, der ihnen die Möglichkeit gab, alte Träume wiederzubeleben und neue Wege einzuschlagen.
Martin nahm einen Schluck von seinem Getränk und ließ Kadirs Worte auf sich wirken. Er betrachtete seinen Freund nachdenklich und erkannte, dass auch er selbst in manchen Aspekten seines Lebens nach Veränderung suchte.
"Kadir, du sprichst mir aus der Seele", antwortete Martin nachdenklich. "Auch ich habe in den letzten Jahren viel darüber nachgedacht, was wirklich wichtig ist. Der Erfolg und Reichtum, die wir beide angestrebt haben, sind sicherlich nicht alles. Es sind die kleinen Momente des Glücks und der Verbundenheit, wie dieser Augenblick hier, der das Leben so wertvoll machen."
Kadir lächelte und fuhr fort: "Genau, Martin. Ich habe erkannt, dass es nicht darum geht, wie viel Zeit wir mit Arbeit verbringen oder wie viel Geld wir verdienen. Es sind die einfachen Freuden, die uns erfüllen und unsere Herzen berühren. Ein solcher Moment ist es auch, dass ich dich heute in *Nizza* treffen durfte. Es erinnert mich daran, dass das Leben voller Überraschungen steckt."
Kadir musste an die Worte seiner Mutter denken, die er plötzlich in Erinnerung rief. Sie hatte ihn oft daran erinnert, dass das Leben voller Überraschungen und unerwarteter Wendungen ist. In diesem Moment wurde ihm klar, wie wertvoll diese Botschaft war.
"Meine Mutter hat immer gesagt: '*Das Leben ist voller Überraschungen*'", teilte Kadir mit einem warmen Lächeln. "Und ich glaube, sie hatte recht. Wenn wir uns für die kleinen

Dinge im Leben öffnen und uns von ihnen leiten lassen, können wir eine ganz neue Perspektive gewinnen."
Martin nickte zustimmend und fügte hinzu: "Kadir, wir haben so viel erreicht, aber es gibt noch so viel mehr, was das Leben für uns bereithält. Lass uns gemeinsam neue Abenteuer erleben und uns von den Überraschungen des Lebens inspirieren lassen."
Martin, Alex und Kadir hoben ihre Gläser an und stießen auf diese Erkenntnis an. In diesem Moment fühlten sie eine tiefe Verbundenheit und wussten, dass sie bereit waren, ihre Perspektiven zu erweitern und neue Wege zu beschreiten.
"Ja, Martin, mein alter guter Freund", antwortete Kadir entschlossen. "Lasst uns die Tür zu neuen Möglichkeiten öffnen und uns von den kleinen Dingen im Leben inspirieren lassen. Gemeinsam können wir Großes erreichen und die Welt mit unseren Visionen bereichern."
Mit einem breiten Lächeln auf den Lippen und einem Gefühl der Vorfreude auf das, was kommen mochte, saßen Kadir, Alex und Martin dort, tief in ihrem Gespräch versunken, und wussten, dass das Leben voller Überraschungen steckte und dass sie bereit waren, sie zu entdecken.
Martin lächelte und schlug Kadir vor: "Hey, Kadir, wie wäre es, wenn du heute Nacht in meinem Apartment hier in Nizza übernachtest? Ich habe genug Platz und es wäre schön, morgen gemeinsam zum Strand in *Antibes* zu fahren. Was hältst du davon?"
Kadir überlegte kurz und spürte eine angenehme Vorfreude auf die gemeinsame Zeit mit Martin am Strand in *Antibes*. "Das klingt gut, Martin! Es wäre schön, den

Tag morgen am Strand zu verbringen und weitere unvergessliche Momente miteinander zu teilen."
Kadir und Martin verabredeten sich von Alex und machten sich anschließend auf den Weg zu Martins Apartment. Während der Fahrt unterhielten sie sich über ihre Pläne für den nächsten Tag und tauschten Erinnerungen aus den vergangenen Zeiten aus.
Als sie das Apartment erreichten, war Kadir beeindruckt von der stilvollen Einrichtung und dem atemberaubenden Blick über das Meer. Martin zeigte ihm sein Gästezimmer und sorgte dafür, dass er sich wie zu Hause fühlte.
Plötzlich holte Martin eine Flasche Champagner Roederer Cristal Rosé aus dem Kühlschrank und hielt sie jubelnd in die Höhe. "Kadir! Wir sollten diesen Tag gebührend feiern. Komm, lass uns auf der Dachterrasse ein Glas trinken und das Leben genießen!"
Kadir lächelte und folgte Martin auf die Dachterrasse, wo sie sich gemütlich niederließen. Der warme Abendwind strich sanft über ihre Gesichter, während sie die Aussicht auf das glasklare Meer genossen.
Martin schenkte die Gläser ein und prostete Kadir zu. "Auf uns und auf die Freundschaft, die uns verbindet", sagte er mit einem anerkennenden Blick.
Kadir erhob sein Glas und erwiderte: "Auf uns und auf die unvergesslichen Momente, die wir zusammen erleben durften."
Sie stießen an und genossen den prickelnden Champagner. Dabei entfalteten sich ihre Gespräche weiter, und Martin begann: "Du weißt, Kadir, Freundschaften sind wie Schiffe auf

dem Meer. Sie kommen und gehen, und manchmal kann man nicht vorhersehen, welche Freunde bleiben und welche sich bei stürmischer See abwenden."

Kadir lauschte aufmerksam und fragte nach: "Was meinst du damit, Martin?"

Martin lächelte nachdenklich und erklärte: "Nun, im Laufe meines Lebens habe ich gelernt, dass manche Freundschaften aufgrund von äußeren Umständen entstehen und nur von vorübergehender Natur sind. Sie mögen wegen des Reichtums oder des Erfolgs angezogen werden, aber sobald die Wellen hochschlagen, sind sie nicht mehr an deiner Seite."

Kadir nickte verstehend. "Das klingt nach einer wertvollen Erkenntnis, Martin. Aber du warst immer an meiner Seite, unabhängig von äußeren Umständen. Das schätze ich an unserer Freundschaft."

Martin lächelte warm und fuhr fort: "Genau das meine ich, Kadir. Wahre Freundschaften erkennen den Wert des anderen jenseits von äußeren Faktoren. Sie sind da, wenn es darauf ankommt, und unterstützen einander bedingungslos."

Kadir spürte die Wahrheit in den Worten seines Freundes und fühlte sich tief berührt. "Danke, Martin. Du warst immer an meiner Seite, und dafür bin ich dir unendlich dankbar. Du bist einer dieser seltenen Schätze im Leben, auf die man zählen kann."

Die beiden Freunde leerten ihre Gläser und erhoben sich von der Dachterrasse. Es war bereits spät in der Nacht, und die Erschöpfung des ereignisreichen Tages machte sich bemerkbar.

Martin gähnte und streckte sich. "Es war ein wunderbarer Abend, Kadir. Aber jetzt sollten wir langsam schlafen gehen."

Kadir nickte zustimmend und lächelte. "Da hast du recht, Martin. Es war ein Tag voller Erlebnisse und intensiver Gespräche. Ich freue mich darauf, morgen an den Strand zu fahren."

33

Sie räumten die Gläser weg und begaben sich in ihre jeweiligen Zimmer. Kadir ließ sich auf das weiche Bett sinken und schloss die Augen. Sein Herz war erfüllt von Dankbarkeit für die Begegnungen und die Freundschaft, die er in den letzten Tagen erfahren hatte.

Er dachte an die Worte seiner Mutter, "*Das Leben ist voller Überraschungen*", und er konnte nicht anders, als ihr zuzustimmen. Jeder Moment, jeder Mensch, den er auf seiner Reise getroffen hatte, war eine unerwartete Wendung, die sein Leben bereichert hatte.

Langsam ließ Kadir die Ereignisse des Tages Revue passieren und fühlte eine tiefe Zufriedenheit in sich aufsteigen. Er war dankbar für die kleinen Dinge, die das Leben lebenswert machten: die Begegnungen mit alten Freunden, die inspirierenden Gespräche und die unerwarteten Wendungen, die seine Reise in neue Richtungen lenkten.

Mit diesem Gefühl der Dankbarkeit und Vorfreude auf den nächsten Tag sank Kadir in einen tiefen, erholsamen Schlaf.

Die Nacht verging ruhig, und als die Sonne am nächsten Morgen ihre Strahlen über *Nizza* schickte, öffnete Kadir langsam die Augen. Er spürte eine freudige Erwartung in sich aufkeimen und wusste, dass ein neuer Tag voller

Möglichkeiten vor ihm lag.
Martin und Kadir verließen das Apartment und machten sich auf den Weg zum Aufzug. Sie betraten den Fahrstuhl und fuhren hinunter in die Garage, wo Kadir sein Auto geparkt hatte. Die Vorfreude auf den Ausflug zum Strand von *Antibes* war spürbar.
Als sie im Auto saßen und sich auf den Weg machten, konnte Kadir die Aufregung in Martins Augen sehen. Die Fahrt von *Nizza* nach *Antibes* war von einer besonderen Landschaft begleitet, während sie die Küstenstraße entlangfuhren. Das azurblaue Meer funkelte in der Sonne, und die sanften Hügel und kleinen Dörfer verliehen der Umgebung eine idyllische Atmosphäre.
Nach einer angenehmen Fahrt erreichten sie schließlich die *Plage de la Gravette* in *Antibes*. Das Rauschen der Wellen und der warme Sand begrüßten sie, als sie aus dem Auto stiegen und den Strand betraten. Der Anblick war atemberaubend: türkisfarbenes Wasser, strahlender Sonnenschein und der Duft von salziger Meeresluft.
Sie suchten sich einen gemütlichen Platz am Strand, breiteten ihre Handtücher aus und ließen sich nieder. Die Sonne streichelte ihre Haut, während sie das angenehme Rauschen der Wellen genossen.
Martin lehnte sich zurück und sah Kadir an. "Weißt du, Kadir, manchmal muss man sich einfach Zeit nehmen, um die Schönheit des Lebens zu spüren. Hier am Strand zu sein, umgeben von Natur und guten Freunden, ist ein wahrer Segen."
Kadir stimmte ihm zu und lächelte. "Du hast recht, Martin. Es

sind die einfachen, aber kostbaren Momente wie diese, die unser Leben so wertvoll machen. Ich bin froh, dass wir diesen Tag gemeinsam hier verbringen können."

Die beiden tauschten sich weiter aus, lachten und genossen die entspannte Atmosphäre am Strand. Sie schwammen im klaren Wasser, ließen sich von den Wellen treiben und fühlten die Leichtigkeit des Augenblicks.

Während des Tages konnte Kadir die Sorgen und den Stress des Alltags hinter sich lassen. Er fühlten sich frei und lebendig, und es schien, als ob die Zeit für einen Moment stillstand.

Martin und Kadir saßen am Strand und genossen den sanften Wind, der durch ihre Haare strich. Die Sonne war bereits untergegangen, und der Himmel färbte sich in warmen Orangetönen.

Plötzlich unterbrach Martin die Stille und schaute Kadir ernst an. "Kadir, erinnerst du dich an die 10-Sekunden-Regel, von der ich dir vor Jahren erzählt habe?" Kadir nickte nachdenklich. "Ja, natürlich erinnere ich mich. Du hast mir damals gesagt, dass ich keine Zeit meinem Verstand geben soll, um Gründe zu finden, warum ich etwas nicht tun sollte."

Martin lächelte zustimmend. "Genau, mein Freund. Die 10-Sekunden-Regel hat mir in vielen Situationen geholfen, meine Ängste zu überwinden und mutige Entscheidungen zu treffen. Es geht darum, den Moment zu ergreifen und nicht zuzulassen, dass der Verstand Zweifel säht."

Kadir lehnte sich zurück und lauschte aufmerksam den Worten seines Freundes. Er erinnerte sich, wie oft er sich in der Vergangenheit zurückgehalten hatte, aus Angst vor möglichen Misserfolgen oder Ablehnung.

"Es ist so einfach, sich von Ängsten und Zweifeln leiten zu lassen, Kadir", fuhr Martin fort. "Aber was ist das Schlimmste, was passieren kann, wenn du den Mut aufbringst und in den ersten 10 Sekunden handelst? Vielleicht erreichst du nicht das gewünschte Ergebnis, aber du wirst es nie erfahren, wenn du es nicht versuchst."
Kadir nickte nachdenklich. Die Worte von Martin trafen ihn tief. Er erkannte, dass er sich selbst oft im Weg stand, indem er zu viel Zeit damit verbrachte, alle möglichen Szenarien zu überdenken und sich von Zweifeln lähmen ließ.
"Du hast recht, Mann", antwortete Kadir schließlich. "Ich habe erkannt, dass das Leben zu kurz ist, um in der Komfortzone zu bleiben und nichts zu riskieren. Es ist Zeit für mich, die 10-Sekunden-Regel wieder in mein Leben zu integrieren und den Mut zu haben, meine Träume zu verfolgen."
Nach einer Weile am Strand erhob sich Martin und klopfte Kadir leicht auf die Schulter. "Kadir, wie wäre es, wenn wir uns langsam in die Stadt begeben und etwas zu essen suchen?", schlug er vor und deutete auf die belebte Promenade von *Antibes*.
Kadir nickte zustimmend. "Das klingt nach einer guten Idee, Martin. Ich habe tatsächlich langsam Hunger bekommen." Gemeinsam machten sie sich auf den Weg und schlenderten entlang der Küste in Richtung des charmanten Stadtkerns von *Antibes*.
Die engen Gassen waren gesäumt von kleinen Boutiquen, Cafés und Restaurants. Der Duft von frisch zubereiteten Speisen lag in der Luft und verführte die beiden Freunde. Martin führte Kadir zu einem gemütlichen Restaurant, das für

seine mediterrane Küche bekannt war.
Sie nahmen Platz an einem Tisch im Freien und ließen sich von der freundlichen Bedienung die Menüauswahl erklären. Während sie auf ihr Essen warteten, tauschten sie Geschichten und Erinnerungen aus ihrer gemeinsamen Vergangenheit aus.
Martin unterbrach die Unterhaltung kurz und schaute Kadir nachdenklich an. "Kadir, ich bin so dankbar, dass wir uns hier in *Nizza* wiedertreffen konnten. Es ist erstaunlich, wie das Leben manchmal Wege kreuzt und uns die Gelegenheit gibt, die Freundschaft zu vertiefen."
Kadir stimmte zu und erwiderte: "Ja, Martin, das Schicksal hat uns auf diese Reise zusammengeführt, und ich bin froh, dass wir uns gegenseitig motivieren und unterstützen können. Es ist wichtig, solche Momente zu schätzen und das Leben in vollen Zügen zu genießen."
Als das Essen serviert wurde, begannen sie genüsslich zu speisen und tauschten weiterhin ihre Gedanken und Pläne aus. Es war eine Zeit der Freude, des Lachens und der gemeinsamen Erinnerungen.
Sie verbrachten den Abend in *Antibes*, erkundeten die malerischen Straßen und genossen die pulsierende Atmosphäre der Stadt. Es war ein unvergesslicher Abend, der ihre Freundschaft weiter festigte und ihnen zeigte, wie wichtig es ist, die kostbaren Augenblicke des Lebens zu schätzen.
Mit vollen Bäuchen und einem warmen Gefühl der Verbundenheit kehrten sie schließlich zu ihrem Auto zurück und machten sich auf den Rückweg zu Martins Apartment in *Nizza*. Die Sterne leuchteten am Himmel und begleiteten sie auf dem Heimweg. Als sie am Apartment ankamen, drückte

Martin den Knopf für den Aufzug, und sie fuhren gemeinsam nach oben in das Apartment. Die Fahrt war von einer angenehmen Stille begleitet, während sich ihre Gedanken auf das Geschehene und die Erinnerungen konzentrierten.
Als die Aufzugstüren sich öffneten, betraten sie den Flur und begaben sich zu Martin's Apartment. Die Schlüssel drehten sich im Schloss, und sie traten ein. Die vertraute Umgebung umhüllte sie, und ein Gefühl von Geborgenheit machte sich breit.
Sie ließen ihre Taschen fallen und setzten sich für einen Moment auf das bequeme Sofa.
Sie lehnten sich zurück und genossen die Ruhe, die das Apartment ihnen bot. Der Tag hatte sie geprägt, und sie wussten, dass sie die Erinnerungen für immer in sich tragen würden. Es war ein Moment der Dankbarkeit für die Freundschaft, die sie verband.
Nach einer Weile erhoben sie sich vom Sofa und begaben sich zu den Schlafzimmern, um sich für die Nacht vorzubereiten.

34

Am nächsten Morgen öffnete Kadir langsam seine Augen und blickte auf den Sonnenstrahl, der durch das Fenster fiel. Er streckte sich und setzte sich im Bett auf. Martin war bereits wach und saß Gedankenversunken am Schreibtisch.
"Guten Morgen, Mann", sagte Kadir mit leichter Wehmut in seiner Stimme. "Es tut mir leid, ich muss schon heute wieder zurück nach Deutschland."
Martin drehte sich zu Kadir. "Guten Morgen, Kadir. Keine Sorge, ich verstehe. Verpflichtungen rufen uns manchmal zurück in die Realität. Es war eine wundervolle Zeit hier in *Nizza*, und ich bin dankbar für jeden Moment, den wir teilen konnten."
Kadir nickte und seufzte leicht. "Ja, es war wirklich eine besondere Zeit. Ich werde diese Erinnerungen in meinem Herzen bewahren. Aber ich hoffe, dass wir uns bald wiedersehen können, Martin. Vielleicht können wir das in den nächsten Wochen wiederholen, wenn ich mir eine noch mal eine Auszeit nehme."
Martin seufzte und sagte: "Kadir, wir sind Freunde. Die Distanz mag uns trennen, aber unsere Freundschaft bleibt bestehen. Wir werden immer Wege finden, uns wiederzusehen und neue Abenteuer zu erleben."

Kadir lächelte dankbar und nickte. "Du hast recht, Martin. Unsere Freundschaft ist stark und wird uns über Entfernungen hinweg verbinden. Wir werden nicht aufhören, nach neuen Möglichkeiten zu suchen, uns wiederzutreffen."

Kadir packte seine Sachen zusammen, sie verabschiedeten sich herzlich, und Kadir verließ das Apartment mit einem wehmütigen Gefühl. Der Gedanke daran, Martin und die gemeinsame Zeit in *Nizza* zu verlassen, ließ ihn etwas nachdenklich werden.

Kadir stieg in den Aufzug des Apartments und drückte den Knopf für die Garage. Während er hinunterfuhr, überlegte er, wie schnell die Zeit vergangen war.

Als er die Garage betrat, fand er seinen Wagen unverändert von gestern an seinem Platz vor. Er öffnete die Autotür und ließ sich auf den Fahrersitz fallen.

35

Kadir fuhr die Autobahn entlang, während er laute Musik aus den Lautsprechern seines Autos erklingen ließ. Die Melodien füllten den Innenraum und begleiteten ihn auf dem Weg von *Nizza* zurück nach *Stuttgart*. Die Geschwindigkeit, mit der die Landschaft vorbeizog, spiegelte seine aufgewühlten Gedanken wider.

Nach einigen Stunden Fahrt erreichte Kadir die Stadt *Mailand*. Er beschloss, an einer Tankstelle anzuhalten, um seinen Wagen aufzutanken und eine kurze Pause einzulegen. Er parkte sein Auto an der Zapfsäule und stieg aus.

Die warme Luft des Spätnachmittags umhüllte ihn, als er zur Tankstelle ging. Er griff nach der Zapfpistole und begann, den Tank seines Autos zu füllen. Währenddessen schweiften seine Gedanken zurück nach *Nizza* und den Menschen, die er getroffen hatte.

Als er den Tankvorgang abschloss, bemerkte Kadir eine kleine Sitzecke neben der Tankstelle. Er beschloss, sich dort hinzusetzen und etwas zu entspannen. Er ließ sich auf einen Stuhl sinken und beobachtete die vorbeifahrenden Autos.

Plötzlich hörte er eine vertraute Melodie aus einem nahegelegenen Café. Die Musik zog seine Aufmerksamkeit auf sich, und er beschloss, dem Klang zu folgen. Er trat in das Café

ein und sah eine Gruppe von Menschen, die sich um einen Musiker versammelt hatten, der live auftrat.
Kadir fand einen freien Platz in der Nähe und ließ sich nieder. Die Klänge der Musik umhüllten ihn, und er konnte nicht anders, als dem Rhythmus zu folgen. Er schloss für einen Moment die Augen und ließ sich von den Melodien tragen.
Nach einiger Zeit erhob er sich und kehrte zur Tankstelle zurück, um seine Fahrt fortzusetzen. Der Tank war aufgefüllt, und Kadir war bereit, die restliche Strecke bis nach *Stuttgart* zu bewältigen.
Während er wieder auf die Autobahn einbog, ließ er die Musik erneut laut erklingen. Die Melodien begleiteten ihn auf seinem weiteren Weg, während er die italienische Landschaft durchquerte und sich langsam Deutschland näherte.
Die Erinnerungen an *Nizza* und die Begegnungen mit Martin, Alex und den anderen Menschen blieben in seinem Herzen lebendig. Die Musik und die Fahrt wurden zu einer Art Katalysator für seine Gedanken und Emotionen, und er fühlte sich lebendiger denn je.
Mit jedem Kilometer, den er zurücklegte, rückte *Stuttgart* näher. Die Straßenlichter begannen zu leuchten, als die Dunkelheit über das Land hereinbrach. Kadir konzentrierte sich auf die Fahrt, während seine Gedanken weiterhin in *Nizza* verweilten.
Endlich erreichte er *Stuttgart* und fuhr weiter nach *Esslingen*, seine Heimatstadt. Er fand den Weg zu seinem Zuhause und parkte sein Auto vor der Haustür. Er schaltete die Musik aus und verharrte einen Moment im Auto, um die Stille zu genießen. Mit einem Gefühl der Erfüllung stieg er aus dem

Auto und nahm seinen Koffer mit sich. Die Reise nach Nizza hatte sein Leben auf vielfältige Weise bereichert und ihn daran erinnert, dass es im Leben um mehr ging als nur Arbeit und Reichtum.
Kadir öffnete die Haustür und trat ein. Er wusste, dass er sich verändert hatte, dass er den Wert der kleinen Dinge im Leben erkannt hatte. Mit einem Lächeln auf den Lippen betrat er sein Zuhause, bereit, die Erinnerungen an *Nizza* und die lebensverändernden Begegnungen für immer in seinem Herzen zu bewahren.

36

Am nächsten Morgen erwachte Kadir mit dem Klang seines Weckers. Die Sonne war gerade aufgegangen, und ein neuer Tag brach an. Er fühlte sich noch immer von den Erlebnissen in *Nizza* erfüllt, doch die Realität der Arbeit holte ihn schnell wieder ein.

Kadir erhob sich aus dem Bett und begann den Tag mit seiner üblichen Routine. Er duschte, zog sich an und bereitete sich ein schnelles Frühstück vor. Während er seinen Kaffee trank, überflog er seine E-Mails und die To-Do-Liste für den Tag. Die stressige Arbeitswoche lag vor ihm, und er wusste, dass er sich wieder in den Arbeitsmodus begeben musste.

Er verließ sein Zuhause und stieg in sein Auto. Der Verkehr war bereits dicht, und die Hektik der Stadt umgab ihn. Kadir fuhr zur Arbeit und begann seinen Tag mit den üblichen Aufgaben und Verpflichtungen. Die Meetings, Telefonate und Deadlines füllten seinen Tag, und er war wieder im Arbeitsmodus gefangen.

Obwohl die Erinnerungen an *Nizza* noch frisch in seinem Geist waren, spürte Kadir den Druck und die Anforderungen seines Berufs. Er denkt an die kleinen Momente der Freude und Erfüllung, die er in Nizza gefunden hatte.

In seiner Mittagspause beschloss Kadir, einen kleinen

Spaziergang durch die Stadt zu machen, um den Kopf freizubekommen. Als er an einem beliebten Restaurant vorbeikam, fiel sein Blick auf eine vertraute Gestalt. Es war Vanessa, eine alte Bekannte aus vergangenen Tagen.

Ein Lächeln huschte über sein Gesicht, und er trat näher heran, um sie anzusprechen. "Vanessa, lange nicht gesehen! Wie geht es dir?"

Vanessa wandte sich überrascht um und erwiderte sein Lächeln. "Kadir! Das ist wirklich eine angenehme Überraschung. Es geht mir gut, danke. Wie sieht es bei dir aus?"

Kadir erklärte, dass er gerade in seiner Mittagspause sei und sich eine kleine Auszeit vom Arbeitsalltag gönnen wolle. "Hast du vielleicht Lust, mit mir gemeinsam etwas zu essen? Es wäre schön, wieder Zeit miteinander zu verbringen."

Vanessa überlegte kurz und stimmte dann zu. "Das klingt nach einer großartigen Idee. Ich habe gerade erst meine Mittagspause begonnen und würde gerne etwas essen gehen."

Gemeinsam betraten sie das Restaurant und suchten sich einen gemütlichen Platz. Während sie ihre Bestellungen aufgaben, begannen sie, sich über die vergangenen Monate auszutauschen. Vanessa erzählte Kadir von ihrem Freund, von dem sie sich kürzlich getrennt hatte.

"Ich war eine Weile unglücklich in der Beziehung und habe schließlich den Mut gefunden, einen Schlussstrich zu ziehen", erklärte Vanessa. "Es war eine schwierige Entscheidung, aber manchmal muss man sich von Dingen trennen, die uns nicht guttun, um Platz für etwas Besseres zu schaffen."

Kadir nickte verständnisvoll und lauschte aufmerksam.

Vanessa fuhr fort: "Man sollte nicht an verschlossenen Türen erstarren, sondern immer wieder neue Türen im Leben öffnen. Wir sollten uns nicht im Leben mit Dingen verrückt machen, die wir sowieso nicht ändern können. Es geht darum, den Mut zu haben, neue Wege einzuschlagen und Möglichkeiten zu erkunden."
Kadir ließ ihre Worte auf sich wirken und stimmte ihr zu. "Du hast recht, Vanessa. Das Leben besteht aus vielen Türen, und manchmal müssen wir den Mut haben, alte zu schließen und neue zu öffnen. Es ist wichtig, dass wir uns von negativen Einflüssen befreien und nach vorne schauen."
Während sie ihr Essen genossen, führten Kadir und Vanessa ihr Gespräch fort. Sie sprachen über ihre Pläne, ihre Träume und die Herausforderungen, die das Leben ihnen stellte. Es war eine bereichernde Zeit des Austauschs, die sie beide inspirierte und zum Nachdenken anregte.
Die Mittagspause neigte sich langsam dem Ende zu, und Kadir spürte, wie die Pflichten des Arbeitsalltags wieder auf ihn zukamen. Er lächelte Vanessa an und sagte: "Vielen Dank für diese wertvolle Unterhaltung, Vanessa. Es war schön, dich wiederzusehen. Grüße bitte deine Familie von mir."
Vanessa erwiderte sein Lächeln und nickte. "Natürlich, ich werde ihnen deine Grüße ausrichten. Pass gut auf dich auf und lass uns in Kontakt bleiben."
Sie verabschiedeten sich herzlich und Kadir machte sich auf den Weg zurück ins Büro. Mit jedem Schritt füllte sich sein Geist wieder mit den bevorstehenden Aufgaben und Herausforderungen. Er war dankbar für die kurze Auszeit und die inspirierenden Worte von Vanessa.

Während er zum Bürogebäude zurücklief, reflektierte Kadir über die Bedeutung der Begegnungen im Leben. Manchmal waren es diese kurzen, aber tiefgründigen Gespräche, die uns nachhaltig prägten und zum Nachdenken anregten.

Als Kadir das Büro erreichte, war er bereit, sich wieder voll und ganz seiner Arbeit zu widmen.

37

Der Arbeitstag neigte sich dem Ende zu, und Kadir war erleichtert, als er endlich Feierabend machen konnte. Er verabschiedete sich von seinen Kollegen, packte seine Sachen zusammen und machte sich auf den Heimweg.

Mit dem Cabrio fuhr er durch die Straßen, der Wind strich ihm durch die Haare und ließ seine Gedanken zur Ruhe kommen. Die warme Abendsonne tauchte die Stadt in ein goldenes Licht, während Kadir die Straßen entlangfuhr und sich auf sein Zuhause freute.

Als er schließlich ankam, parkte er das Cabrio in der Garage und stieg aus. Mit einem Schlüssel öffnete seine Wohnungstüre und begab sich zu seinem Balkon. Ein sanfter Wind strich über sein Gesicht, während er den Anblick der Abenddämmerung genoss.

Kadir holte eine Flasche *Morio Muskat* aus dem Kühlschrank, entkorkte sie und füllte sich ein Glas ein. Der Duft des Weißweins stieg ihm in die Nase, und er lächelte zufrieden.

Er setzte sich auf einen bequemen Stuhl und lehnte sich zurück. Die Stille und der ruhige Moment auf dem Balkon waren wie Balsam für seine Seele. Er genoss jeden Schluck des erfrischenden Weins und ließ seine Gedanken schweifen.

In diesem Moment spürte er eine tiefe Dankbarkeit für all das, was er in seinem Leben erreicht hatte und für die kleinen Freuden, die ihm begegneten. Er war sich bewusst, dass es wichtig war, sich solche Momente der Entspannung und des Genusses zu gönnen, um die Batterien wieder aufzuladen und die Schönheit des Lebens zu erkennen.

Mit jedem Schluck Wein und jedem Augenblick der Stille auf dem Balkon fühlte Kadir, wie die Anspannung des Tages von ihm abfiel und einem Gefühl der inneren Ruhe Platz machte.

Der Abend verging langsam, während Kadir auf dem Balkon saß und den Weißwein genoss. Der Himmel färbte sich langsam dunkel, und die Sterne begannen zu funkeln. Es war ein Moment der Stille und des Innehaltens, bevor der neue Tag anbrechen würde.

Kadir betrat das Wohnzimmer und ließ seinen Blick über das Bücherregal schweifen. Sein Blick fiel auf das Buch "Café am Rande der Welt" von John Strelecky. Es war ein Buch, das ihm schon oft gute Gedanken und Inspiration geschenkt hatte.

Kadir nahm das Buch aus dem Regal und ließ sich auf dem gemütlichen Sofa nieder. Mit seinem Glas Wein in der Hand schlug er das Buch auf und begann zu lesen. Die Worte flossen über die Seiten und trafen sein Innerstes.

Als er zu einer bestimmten Seite gelangte, blieb sein Blick an einem Zitat hängen, das wie für ihn geschrieben schien. Es lautete: "Manchmal muss man an den Rand der Welt gehen, um sich klar zu werden, wo man im Leben stehen möchte."

Diese Worte berührten Kadir auf besondere Weise. Sie erinnerten ihn daran, dass es manchmal nötig war, aus dem gewohnten Alltag auszubrechen und neue Perspektiven einzunehmen. Nur wenn man bereit war, an den Rand seiner

Komfortzone zu gehen, konnte man erkennen, wohin der eigene Weg führen sollte.

Kadir ließ das Zitat auf sich wirken und spürte eine tiefe Resonanz in seinem Inneren. Es war, als ob diese Worte ihn ermutigten neue Wege zu beschreiten. Sie bestärkten ihn darin, dass es in Ordnung war, manchmal Unsicherheiten zu spüren und sich von ihnen nicht abhalten zu lassen.

Mit einem dankbaren Lächeln legte Kadir das Buch beiseite. Die Begegnungen der letzten Zeit, die Worte von Michael, Vanessa, Martin und auch dieses inspirierende Zitat aus dem Buch zeigten ihm, dass er auf dem richtigen Weg war.

Kadir begab sich in sein Schlafzimmer. Der Raum war mit sanftem Licht ausgeleuchtet und strahlte eine Atmosphäre der Ruhe und Geborgenheit aus. Er zog sich leise aus, legte seine Kleidung ordentlich beiseite und schlüpfte in seinen bequemen Schlafanzug.

Die weichen Kissen und die angenehme Matratze begrüßten Kadir, als er sich auf sein Bett legte. Er schloss die Augen und spürte, wie die Müdigkeit langsam über ihn hinwegglitt. Sein Körper entspannte sich, und sein Geist begann sich von den Ereignissen des Tages zu lösen.

Mit jedem Atemzug fühlte Kadir, wie sich eine innere Gelassenheit in ihm ausbreitete. Er ließ die Ereignisse des Tages los und gab sich dem wohligen Gefühl der Entspannung hin. Es war ein Moment der Stille und des Friedens, in dem er zur Ruhe kommen konnte.

Kadir öffnete die Augen noch einmal kurz und betrachtete den Raum um ihn herum. Ein Gefühl der Dankbarkeit erfüllte sein Herz. Dankbar für die Menschen, die ihm begegnet waren,

dankbar für die Erkenntnisse, die er gewonnen hatte und dankbar für die Möglichkeit, sich nun auszuruhen und neue Energie zu tanken.
Mit einem Lächeln auf den Lippen schloss Kadir erneut die Augen und ließ sich von der Stille und der Dunkelheit umfangen. Langsam glitt er in einen erholsamen Schlaf, bereit, am nächsten Tag mit neuer Kraft und Offenheit wieder aufzuwachen.

38

Der nächste Morgen brach an, und Kadir öffnete langsam die Augen. Die warmen Sonnenstrahlen drangen durch die Vorhänge und tauchten sein Schlafzimmer in ein sanftes Licht. Er gähnte und streckte sich ausgiebig, während er langsam aus dem Bett aufstand.
Nach einer erfrischenden Dusche und dem Anziehen machte sich Kadir bereit für einen weiteren Arbeitstag. Er schlüpfte in seinen Anzug, überprüfte noch einmal seine Tasche und nahm seinen Laptop sowie wichtige Unterlagen mit. Mit einem letzten Blick in den Spiegel verließ er sein Zuhause und machte sich auf den Weg zur Arbeit.
Der Verkehr war morgens überraschend ruhig, und Kadir erreichte schneller als erwartet die Innenstadt. Da er noch Zeit hatte, entschied er sich, ein Kaffee trinken zu gehen. Er wählte wie immer sein Lieblingscafé aus, das er so gut kannte.
Als Kadir das Café betrat, begrüßte ihn der vertraute Geruch von frisch gebrühtem Kaffee. Die Atmosphäre war gemütlich und einladend, und er fühlte sich sofort wohl. Er stellte sich in die Schlange und wartete geduldig, um seine Bestellung aufzugeben. Die Bedienung hinter der Theke erkannte ihn sofort und lächelte warm. "Sind Sie Kadir?", fragte sie neugierig. "Ich habe hier einen Brief für Sie von jemandem

namens Michael. Er hat mir beschrieben, wie Sie aussehen, damit ich Sie erkennen kann, wenn Sie wiederkommen."

Kadir war überrascht, dass Michael ihn so gut beschrieben hatte. Er nahm den Brief entgegen und bedankte sich bei der Bedienung. Er öffnete das Kuvert und fand darin seine Hausschlüssel. Daneben lag ein handgeschriebener Brief von Michael.

Ein Gefühl der Verwirrung und Besorgnis stieg in Kadir auf, als er den beigefügten Brief las.

Lieber Kadir,

ich hoffe, dass diese Zeilen dich in bester Gesundheit erreichen. Es liegt mir sehr am Herzen, dir meinen tiefsten Dank auszusprechen. Deine Freundschaft und die immense Unterstützung, die du mir in unseren letzten Begegnungen gegeben hast, bedeuten mir unglaublich viel.

Es ist schwer für mich, diese Worte zu finden, aber ich möchte ehrlich zu dir sein. In den letzten Monaten habe ich eine unheilbare Krankheit diagnostiziert bekommen. Es war ein Schock, der mein Leben von Grund auf verändert hat. Nach reiflicher Überlegung habe ich mich dazu entschlossen, zu meiner Familie in den Osten, nach Bayern, zu ziehen.

Obwohl ich mich mit meiner Familie umgeben möchte, bin ich zutiefst traurig darüber, dass ich dadurch von dir und unseren zufälligen Treffen Abschied nehmen muss. Du warst immer an meiner Seite, auch wenn du es nicht bemerkt hast. Es hat mir gut getan, mit jemandem im Alltag zu sprechen, in einer Welt in der die Menschen einen Mann, der auf dem Boden schläft nicht beachten. Dafür bin ich dir unendlich dankbar. Du warst mehr als nur ein Freund.

Bitte pass gut auf dich auf und sei gewiss, dass ich immer für dich da sein werde, auch wenn wir nun räumlich getrennt sind. Ich hoffe aufrichtig, dass wir uns in Zukunft wiedersehen können und dass unsere Wege sich erneut kreuzen. Bis dahin behalte ich dich in meinen Gedanken und wünsche dir von ganzem Herzen nur das Beste.

Mit herzlichen Grüßen,

Michael

Kadir konnte kaum fassen, was er las. Er war tief berührt von Michaels Worten und fühlte eine Mischung aus Trauer und Dankbarkeit. Sie hatten so viele Gespräche und gemeinsame Momente in der Stadt geteilt, und nun war Michael nicht mehr in der Stadt.

Er setzte sich an einen der freien Tische und ließ den Brief auf sich wirken. Die Bedienung kam zu ihm und fragte, ob sie ihm noch etwas zu trinken bringen könne. Kadir bestellte einen weiteren Kaffee und begann über die vergangenen Begegnungen mit Michael nachzudenken.

Eine Weile saß Kadir still da und ließ seine Gedanken schweifen. Es war schwer für ihn, die Nachricht von Michaels Krankheit zu verarbeiten. Er hatte so oft über das Leben und seine Herausforderungen gesprochen, und nun musste er selbst mit einer unheilbaren Krankheit kämpfen.

Plötzlich fiel ihm eine der Metaphern ein, die Vanessa verwendet hatte. "Man sollte sich nicht im Leben mit Dingen verrückt machen, die man sowieso nicht ändern kann", hatte sie gesagt. Die Worte hallten in Kadirs Kopf wider, und er erkannte, dass er die Situation akzeptieren musste, so schmerzhaft sie auch war.

Die Bedienung brachte Kadir seinen Kaffee, und er bedankte sich höflich. Sie blieb einen Moment stehen und fragte, ob alles in Ordnung sei. Kadir schaute auf und lächelte. "Ja, danke. Es ist nur... ein Brief von einem alten Freund. Er hat sich bei mir bedankt und ist weitergezogen."

Die Bedienung nickte verständnisvoll. "Ja, das stimmt. Manchmal öffnen sich Türen, und manchmal schließen sie sich. Aber das Leben hält immer neue Überraschungen bereit."

Kadir lächelte zu und stimmte ihr zu. "Genau. Man darf sich nicht an verschlossenen Türen erstarren, sondern sollte immer wieder neue öffnen. Danke für den Kaffee und die Worte."
Sie nickte erneut und wünschte ihm einen schönen Tag. Kadir saß noch eine Weile im Café und ließ seine Gedanken schweifen. Dann stand er auf, steckte den *Brief* und die Schlüssel in seine Tasche.

39

Während er das Café verließ, dachte Kadir an Michael und all die Gespräche, die sie hier geführt hatten. Er war dankbar für die Zeit, die sie miteinander verbracht hatten, und er würde die Erinnerungen an ihn in seinem Herzen bewahren.
Kadir trat auf die Straße hinaus, hielt die Schlüssel fest in seiner Hand und fühlte eine gewisse Leere in sich.
Er konnte die Gedanken an den Brief von Michael nicht mehr beiseiteschieben. Sein Verlangen, Zeit für sich zu haben und über alles nachzudenken, überwog die Pflichten im Büro. Er wusste, dass er diesen Tag brauchte, um den Abschied von seinem Freund zu verarbeiten.
Entschlossen griff Kadir zum Telefon und wählte die Nummer seines Vorgesetzten. Er erklärte ihm ruhig, dass er an diesem Tag nicht ins Büro kommen könne und sich für persönliche Angelegenheiten abmelden müsse. Sein Vorgesetzter zeigte Verständnis und wünschte ihm alles Gute.
Kadir machte sich auf den Weg nach Hause. Die Fahrt verlief ruhig, während er über die vergangenen Tage und die Begegnungen mit Michael nachdachte.
Als Kadir zu Hause ankam, fühlte er eine gewisse Erleichterung. Er wusste, dass er diesen Tag brauchte, um sich Zeit für sich selbst zu nehmen und die Emotionen zu

verarbeiten, die der Brief von Michael in ihm ausgelöst hatte.
Er betrat sein ruhiges Zuhause und spürte sofort eine Atmosphäre der Stille und des Friedens.
Michael war es gewesen, der ihn dazu ermutigt hatte, neue Wege zu gehen und sich den Überraschungen des Lebens zu öffnen. Er hatte Kadir immer wieder ermuntert, die kleinen Dinge zu schätzen und den Moment zu leben. Doch dann war Michael plötzlich aus seinem Leben verschwunden, ohne eine Spur zu hinterlassen.
Als Kadir über all die Begegnungen nachdachte, die er in den letzten Tagen und Wochen erlebt hatte, wurde ihm klar, dass Michael der Auslöser für all diese Ereignisse war. Es war, als ob Michael unsichtbare Fäden gesponnen hatte, die Kadir mit den Menschen und den unerwarteten Momenten verbanden.
Die Begegnung mit Alex in Marseille, das Treffen mit Vanessa in der Stadt, die Worte von Martin am Strand und all die anderen Begegnungen – all das hatte eine Verbindung zu Michael. Es war, als ob er durch sie hindurchsprach und Kadir daran erinnerte, dass das Leben voller Überraschungen und wertvoller Augenblicke war.
Kadir spürte eine Mischung aus Trauer und Dankbarkeit. Trauer, weil er Michael vermisste und nicht wusste, wo er war oder warum er aus seinem Leben verschwunden war. Doch gleichzeitig war er dankbar für die Spuren, die Michael hinterlassen hatte, und für die vielen kostbaren Begegnungen, die er erleben durfte.
In diesem Moment beschloss Kadir, Michael in seinem Herzen zu bewahren und die Botschaften, die er ihm mitgegeben hatte, weiterzutragen. Er würde die kleinen Dinge im Leben schätzen

und sich immer wieder neuen Türen öffnen, ohne sich von verschlossenen Türen entmutigen zu lassen.

40

Der Wind strich sanft über den Balkon, und Kadir spürte eine innere Ruhe und Gelassenheit. Er wusste, dass er auf seinem Weg war, auch ohne die direkte Anwesenheit von Michael. Die Erinnerung an ihn würde ihn weiterhin begleiten und ihm Kraft geben, seine eigene Reise fortzusetzen.
Mit einem leisen Lächeln erhob sich Kadir von seinem Platz auf dem Balkon und kehrte mit gemischten Gefühlen ins Wohnzimmer zurück. Er wollte den Brief von Michael aus seiner Tasche holen und noch einmal die Worte lesen, die ihn so berührt hatten. Doch als er seine Tasche durchsuchte, konnte er den Brief nicht finden. Panik stieg in ihm auf, und er begann, das Wohnzimmer hastig zu durchsuchen, als ob der Brief sich einfach versteckt hätte.
Verzweifelt setzte Kadir sich auf das Sofa und starrte auf den leeren Couchtisch. Er konnte nicht begreifen, wie der Brief plötzlich verschwunden sein konnte. Hatte er ihn vielleicht irgendwo anders hingelegt? Oder hatte er ihn gar nie gehabt? Zweifel und Verwirrung breiteten sich in Kadirs Gedanken aus.
Frustriert beschloss Kadir, den Schlüsselkasten zu öffnen und seine Hausschlüssel zu nehmen. Als er den Kasten öffnete, sah er die vertrauten Schlüssel, die er angeblich an Michael gegeben

hatte. Ein schmerzhaftes Gefühl der Erkenntnis durchzuckte ihn. Es dämmerte ihm, dass Michael nie real gewesen war, sondern nur eine Figur seiner eigenen Vorstellungskraft.
Der Obdachlose namens Michael, die Begegnungen mit ihm am und im Café, der Brief – alles hatte sich nur in Kadirs Fantasie abgespielt. Sein Unterbewusstsein hatte ihm die Situation geschenkt, die er in seinem Leben dringend benötigt hatte. Es waren immer nur Stimmen und Gespräche gewesen, die er mit sich selbst geführt hatte. Der Gedanke daran brachte Kadir zum Weinen. Er fühlte sich betrogen und gleichzeitig verloren.
Wie konnte er so sehr in seinen eigenen Illusionen gefangen gewesen sein? Kadir nahm die Hausschlüssel in die Hand und betrachtete sie mit einem bitteren Lächeln. Ihm wurde klar, dass er nun die Kontrolle über sein eigenes Leben wieder zurückerlangt hatte.
Mit Entschlossenheit erhob sich Kadir von der Couch. Er beschloss, die Vergangenheit hinter sich zu lassen und sich auf die Gegenwart zu konzentrieren. Er hatte die Chance, seine Träume zu verwirklichen und sein eigenes Glück zu finden, ohne sich länger in den Illusionen von Michael zu verlieren.
Mit einem letzten Blick auf den leeren Schlüsselkasten und einem Hauch von Erleichterung verließ Kadir das Wohnzimmer. Es war an der Zeit, sein Leben mit neuer Klarheit und Selbstvertrauen zu gestalten. Die Stimmen in seinem Kopf verstummten, und er nahm einen tiefen Atemzug. Er war bereit, sein eigenes Kapitel zu schreiben und den Weg in eine ungewisse, aber aufregende Zukunft einzuschlagen.

Kadir Demir
Instagram @ ein_poet_official

Printed in France by Amazon
Brétigny-sur-Orge, FR

12772540R10098